十二五国家重点出版物出版规划项目

走向世界丛书

主编　钟叔河　曾德明　杨云辉

陈道华日京竹枝词
姚鹏图扶桑百八吟

李长林　校点

岳麓書社·长沙

本册总目

丛书新序

锺叔河

二〇一三年十月

“走向世界丛书”一百种，只收晚清时期 from east to west（从东方到西方）的记述，这并不等于说，只有十九世纪末二十世纪初的中国人，才需要面对走向世界的问题。

纵观人类历史，走向世界决不是什么地区性和阶段性的活动，而是不断出现在全人类发展进步过程中并与之同步的历史现象。一百万年前，人类开始从非洲进入亚洲和欧洲，一万年前，又从亚洲进入北美洲和大洋洲，就是在不断地走向世界。

从有史以来的文献、文物看，三千多年前的《奥德赛》和《出埃及记》，说的是古希腊人和以色列人走向世界——走向地中海和巴勒斯坦。两千多年前的《史记》和《汉书》，写了张骞和后来汉朝“益发使”走向世界——曾走到罗马在西亚的边陲。一千三百年前的《大秦景教流行中国碑》、七百年前的《马可·波罗游记》和四百年前的《利玛窦中国札记》，记下了阿罗本、马可·波罗、利玛窦的 from west to east，这和 from east to west 一样，都是在走向世界。

人类曾因地理、种族、制度、意识形态等原因而互相分离，甚至隔绝。夜郎国的君长初见汉使时问：“汉孰与我大?”当是时，夜郎的世界僻处黔西，其“大”可知；连夜郎都未入版图，则汉之“大”亦远不如今之中国。但人为万物之灵，为了求生存谋发展，总不能老守着自己的一亩三分地，总会要想方设法走向世界——走向更广阔的外部世界。于是，汉要“通西南夷”，要前往原来“道险终不能有”的夜郎；夜郎要问“汉孰与我大”，要想改变原来“不知汉广大”的状况。由互相隔绝变而互相接近，互求了解，这就是走向世界。

走向世界，无论是自己走出去还是让别人走进来（总比让别人杀进来好），无论是主动的还是被动的，从总的历史进程看，用大的历史眼光看，都有利于发展，都是一种进步。对汉朝来说是如此，对夜郎来说亦是如此。两千年前是如此，两千年后亦是如此。上世纪七十年代末开始编辑出版“走向世界丛书”时是如此，如今来继续编辑出版这部丛书时亦是如此。

今天的中国已不再是七十年代的中国，虽然仍称发展中国家，经济总量却早已“超英”，正在“赶美”，但走向世界的路还“漫漫其修远”。时至现代，走向世界当然是要走向现代化的世界，也就是要高度现代化，全盘现代化。“四个现代化”的“四个”——工业、农业、科技和国防，已经“化”出了很大的成绩，而我们的管理现代化，我们的服务现代化，我们的制度现代化……要走的路的确还很长。

现代人走向世界，首先要使自己成为能接受全球文明，有世界知识，有世界眼光，有世界理想的人。“走向世界丛书”杰出的作者，如郭嵩焘、黄遵宪……又如邹代钧、金绍城……他们看到的新技术还是德律风（送话器和最早的手摇电话机）、火轮车（蒸汽机车）……我们如今却已经用上了智能手机、坐上了波音飞机……但在思想层面上，我（不敢称我们）反省自己的世界眼光和世界理想，甚至在世界知识的某些方面，比起一个多世纪以前的郭、黄他们来，差距实在还不小。在这方面，也就是人的现代化这方面，要走的路就更“漫漫其修远”了。

五年前北京奥运会的成功举世公认，它已经成为中国走向世界的一大标志。它的口号：

ONE WORLD，ONE DREAM

“同一个世界，同一个梦想”，这也应该是现代人走向世界的志向和目的，是我们继续编辑出版“走向世界丛书”的志向和目的。

丛书原序□

钟叔河

一九八〇年七月

人们常说，今日之世界，乃是一个“迅速缩小的世界”（rapidly shrinking world）。在电视卫星、激光通信和喷气式客机的时代，地球之上各地之间的距离，确实好像越来越短，人们相互间的接触和交流，也越来越方便和密切了。

可是，仅仅在几代人以前，异国还显得那样的离奇和遥远。古代欧洲人说，中国人用小米和青芦喂一种类似蜘蛛的昆虫，喂到第五年虫肚子胀裂开，就从里面取出丝来（Pausanias《希腊纪事》）。古代中国人则曾经相信，西方有种羊羔是从泥土里生长出来的，脐带还连着大地（《旧唐书·西戎传》、《渊鉴类函·边塞部九》）。这类海外奇谈，今天听起来简直不可思议，而在过去上千年中，却一直被当作可信的资料，记载在欧洲和中国的史书上。由此可见，人类文明的发展，经历了一条何等漫长曲折的道路。

为了探索和开辟外部世界，丰富自己的物质和精神生活，各国人民都作过许多贡献。人类文明史像叙说伟大的发明家和著作家一样，将永远铭记着张骞、玄奘、马可·波罗、哥伦布等不朽的名字。我们甚至可以这样说：一个民族从中世纪到现代的历史，也就是它打开眼界和走向世界的历史。

历史的发展从来是不平衡的。当黄河、长江已经哺育出精美辉煌的古代文化时，泰晤士、莱茵和密西西比河上的居民，还在阴暗的原始森林里徘徊。而自从地理大发现和产业革命以来，中国却相对地落后了。在西方实现资本主义的现代化以后，中国还是一个基本上同外界隔绝的古老国家。是鸦片战争打开了中国的大门，也打开了中国人的眼睛。人们称林则徐和魏源为清代最早“开眼看世界”的人，因为西方的坚船利炮打到中国来时，他们首当其冲，亲身感到这个世界在缩小，距离和壁垒再也不能将异国隔离开了。

过去时代的中国读书人，在“严夷夏之大防”的社会里度过了上千年。封闭的外壳被打破后怎么办？守旧派的办法是把脑袋钻进沙子里学鸵鸟，像慈禧太后的大学士徐桐，见到洋人就以扇遮面。就是这个徐桐，在庚子年间焚香叩请骊山老母下凡来“杀尽洋人”，结果骊山老母没有下凡，他自己的老命却白白送掉了。而林则徐和魏源则不同，提出要“师夷长技以制夷”，主张学习外国的长处，以对付外国的侵略。要学习，先得了解，于是林则徐编了《四洲志》，魏源编了《海国图志》。虽然他们未能亲身出国去考察，书的材料靠间接采辑而来，难免有许多谬误，但无论如何，地里长羊羔之类的神话毕竟不得不逐步让位给常识了。

林、魏之后，中国才开始有读书人走出国门，到欧美日本去学习、访问和工作。容闳、王韬、郭嵩焘、黄遵宪和严复等人，要算是最早的。接着出国的人渐渐多了起来，尽管其中不少是奉派而去的政府官员，但既然去了，就不会不接触近代—现代的科学文化和政治思想，也就不可能不在中国发生影响。

“走向世界丛书”专收一九一一年前国人亲历

欧美和日本的记述。自从一八四〇年鸦片战争失败那时起，先进的中国人，经过千辛万苦，向西方国家寻找真理。应该说康有为和在他之前的郭嵩焘、王韬、容闳等人，的确代表了近代中国向西方寻找真理的一派人物。当然，丛书所收的，也并不全属先进的人物的作品；但总而言之这些都是中国人从东方走向西方的实录，自有其文化的意义和历史的价值。

必须指出的是：从鸦片战争到五四运动这一历史时期中，西方国家虽在许多方面比中国先进，值得中国人学习，但国家利己主义的本质，却总是要压迫剥削比他们落后的民族的。中国人走向世界、接触西方，既有一个学习外国长处的问题，又有一个抵抗外国侵略的问题，盲目排外和盲目崇外都是错误的。对于某些作品中不免流露的这类观点，我们将在为各书撰写的叙论中，适当地作些分析，供读者参考。

“洋为中用”是我们今天的主张，也是十九世纪先进的中国人的主张。“师夷长技以制夷”，不就是“洋为中用”吗？当然，随着接触和认识的逐步深入，人们慢慢地看出：仅仅学一点“长技”，搞一点坚船利炮，还是不行的；要救国，只有维新，维新行不通，就只有革命。伟大的革命先行者孙中山，用他自己的话来说，也是在一八七八年出国以后，“始见轮舟之奇、沧海之阔，自是有慕西学之心，穷天地之想”，才树立了推翻清朝建立民国的大志和信心。历史无情亦有情，后人的思想和事业肯定要超越前人，但前人的足迹总可以留作后人借鉴，先行者总是值得纪念的。

今天的世界已不是十九世纪的世界，今天的中国更不是清朝末年的中国。今日之中国，已经逐渐以现代的面貌，出现在世界的东方。但是，世界的进步越来越快，中国的经济和文化等许多方面还需要不断地发展和提高；这就必需继续打开眼界、走向世界。打开眼界以后，还要学会分析，分清好的和坏的。一切好的东西，要拿来为我所用；一切有害的东西，要实行抵制和预防。在这方面，前人的经验和教训，有一些也仍然值得我们注意。

谨将这套丛书奉献给爱好历史和文化、关心中国和世界的读者，希望它能在中国现代化的过程中，起到一点微薄的作用，是为序。

丛书凡例

（一）“走向世界丛书”一九八六年前已刊三十五种，二〇一五年起仍按原定一百种的计划继续刊行，仍然专收现代以前用文言写作的国人考察西方（含开国后的日本）的记述，仍以亲身经历、直接闻见者为限。

（二）丛书按作者出国年月排列次序，尽量单行，即以一种为一册；只有字数过少无法单行者，才以两种或数种合订成册。合订本尽可能以类相从，按第一种出国年月排序；其各种均在封面列出书名，书脊则只列出第一种书名，并在其下注明“等几种”（另有附录者则注明“附几种”）。

（三）每种（册）书前，均由编校者撰写导言（叙论），介绍作者有关背景和书中重要内容，酌加评论分析，以供读者参考。

（四）丛书均经编校者校订，标点分段，并加边批。边批的内容主要包括三个方面，兹以《随使德国记》为例，举示如下：

1. 标题、提要和说明，如“星使由苏州来”、“普鲁士分一十二省”、“演八十日环游地球的故事”、“如夫人即赛金花”、“‘人工’今皆称工人”。

2. 书中较重要的译名（加括弧注出原文或今译），如“德璀琳（Detring）”、“毕驷马（俾斯麦）”、“布莱门（不来梅）”、“德利风（电话）”。

3. 原文的订正和存疑，如“‘公司船’原无船字”、“‘骁勇’原作‘骑勇’”、“‘薛福成’成字原作辰”、“奥京立斯本应是维也纳”。

（五）每种书后，均附人名索引，人名依首字笔画和一丨丿丶乚排列，按年、月、日三节数字查检（正文单页码下均有年、月、日三节数字备查)。如德璀琳之“德”字为十五画，于索引“十五画”内检得其名下首列“13，8，17”，查正文“13，8，17”在P. 3下，即可在P. 3上找到(光绪十三年八月）十七日“乘肩舆往拜税务司德璀琳”的记载。

（六）每种书后，一般附有译名简释（今昔译名对照，必要时并加说明)，亦依首字笔画和一丨丿丶乚排列。如“卜兰墩浦 Brandenburg，勃兰登堡”，又如“勺勾腊 chocolate，巧克力”。

（七）人名索引和译名简释的条目，并不限于边批中所举者；边批中所举者，则必皆收入索引和简释。

（八）人名索引按年、月、日三节数字查检，其原书不著年、月、日者，则按篇章序号或页码查检。

（九）原文因排印（抄写）而出现的明显的文字错误径予改正，不在边批中出注。

（十）原文中同一外国地名而作者译法多样，如缪祐孙《俄游汇编》中“彼得堡”就有“比得堡”“彼德堡”等异文，“莫斯科”也是如此。此种情形，无碍阅读，故一仍其旧，不作统一。

（十一）原文中之统计数字均一仍其旧。少量表格中之统计数字，为方便读者阅读，改为阿拉伯数字。个别已经失去时效、并无参考价值的资料，则在说明情况后予以删去。

（十二）丛书均以简体汉字印行；除总序、凡例外，编校者所作导言（叙论）、边批、索引中涉及的数字均按现行规定采用阿拉伯数字。

叙论：清末中国两种日本竹枝词概说□

李长林

一、竹枝词的由来与外国竹枝词

竹枝词作为乐府的曲名，起源于中国唐代。最初流行于民间，后来渐为文人学士所采用。每首七言四句，类七言绝句，但不甚讲平仄，押韵也比较灵活。以竹枝词为形式的诗作，留存至今有数万首之多，其中数量最为繁浩者，当是清代的作品。清代竹枝词多有吟咏外国情事的，这是当时历史环境的产物。王慎之教授指出："中国文化在清代开始面临与西方文化最激烈最直接的冲突。当时的人们，已经不能不正视新的文明形式对于传统生活的空前强烈的冲击，不能不面对世界认真考察以往所谓'蛮夷之邦'的惊人的历史变化及其原因。清代竹枝词中多有吟咏外国情事者，正表现出这一特殊历史时代的文化印迹。”（王慎之　王子今辑《清代海外竹枝词·前言》，北京大学出版社 1994 年版）。

我们见到的清代海外竹枝词，作者的笔端，或亚洲，或欧洲，或东洋，或南洋，有的甚至涉及到美洲。有些作品，在当时对于执政者，可以看作提供外国国情的报告。对于民间，则是普及外国史地知识的读物。这些诗作记述了有关国家山川风土、民情风俗、政事要闻，反映了当时的世界知识和世界观念。这些诗作记述了另一文化体系的事物，并抒发了自身的感受，有些作者通过对先进国家历史和现状的认识和理解，从而激发了革故取新的观念，这正如季羡林先生指出的那样：“这些外国竹枝词的意义就不限于文学方面，其政治意义也颇值得重视了”。（王慎之　王子今辑：《清代海外竹枝词·序》）。

清末的海外竹枝词中，有关日本的竹枝词颇多，《走向世界丛书》第二辑选录两种：即陈道华的《日京竹枝词》、姚鹏图的《扶桑百八吟》以飨读者。这两位的诗作，晚出于黄遵宪的《日本杂事诗》，但就其思想和内容的深广以及艺术水平，都逊于《日本杂事诗》，这是囿于个人的学识和旅居日本的时间较短。但无论如何，陈姚两位的作品，都不同程度掌握了所见所闻新异的事物的内容，加以精心刻画，杂以感知，并写出注文进行解释，使未到过日本的国人有如亲临其境，也令读者扩大加深了对日本的认识。并从中有所思索。他们两位对日本明治维新的肯定，启发了人们的革新意识。尤其值得称赞的是姚鹏图的诗作抒发了忧虑民族危机的爱国情怀。

读罢陈道华与姚鹏图的两种日本竹枝词，回顾两千年来中日文化交流史，深受启示，正如黄遵宪的《送宾户玑公使之燕京》诗吟咏的那样："益知唇齿交，道谊在和衷"，在中日两国交往中，这个"道谊"曾经存在过，相信在当今的历史环境中，定会排除日本军国主义势力的干扰，中日两国的"道谊"将以新的面貌再现和发展！

二、陈道华的《日京竹枝词》百首

陈道华字董堂，广东番禺人。《日京竹枝词》，一名《东京竹枝词》，因作者署名"三十六荷花院道人"，又名《三十六荷花院诗钞》。《日京竹枝词》于光绪三十四年（1908）写成，刻本是1919年问世的，列为《愔庵丛著之一》。据说尚有光绪年间的铅印本。作者在"自叙"里说："余年卌五，旅箧东游。瀛岛樱花，瞬看两度"，"海客馀谭，雪泥一梦耳"，可见他旅居东京有两年，所记皆为一般见闻。

下面将《日京竹枝词》有关诗句和注释，择其要者，分类加以评介。为了帮助读者对有关内容的理解，评介时将一些典故进行简要的说明，另外根据这些诗句的特点，只从历史学的角度加以评介。

（一）国家纪典和宣扬尚武精神的活动

日本统治阶级为了巩固天皇制度采取了种种措施，其中重要的有纪元节和天长节的设置。《日京竹枝词》（以下简称《日京词》的第2首记述的纪元节系传说中的神武天皇二月十一日即位的纪典（陈氏记为二月二十日，误）。这首诗提到的天长节（十一月三日）系明治天皇的生日。）

《日京词》第5、6、7首记述参拜靖国神社的盛况。按靖国神社是日本国家神道的祭祀场地。明治三年（1869）六月设立时，称为“招魂社”，1879年改称“靖国神社”。初建时期入祀的主要是1853年至1869年期间“尊王倒幕”历次战争中阵亡的将士。对他们的祭祀旨在宣扬为天皇国家战死疆场最荣耀，鼓励为天皇效忠的尚武精神。后来祭祀靖国神社演变为宣扬军国主义的重大活动。

第8首也是记述提倡尚武精神的有关活动。其中提到的东乡大将即东乡平八郎（1849至1934）日俄战争时任指挥将领。在争夺旅顺口战役和日本海海战中大胜俄军，屡建功勋，扬名日本。

（二）民间节庆与信仰

这部分内容在《日京词》占有一定篇幅：

第11首诗中“迎年灯衍上门楣，光映松枝与竹枝”。这是欢度元旦的景象。第36首记述了“开门迎入鲤鱼风”，悬挂布制鲤鱼的男孩节。第24首记述“鸥灯红处水西头”七月十五的中元节。按，这些节日风习都是在中国唐代传入日本的，松长绿，竹耐寒坚忍，皆视之为吉祥物，因之在元旦挂于门前，中元节放河灯以祭先人，鲤鱼跳龙门，成了勇敢精神的象征。

第 87 首描述的是“男根崇拜”。《日京词》所记，男根在形式上已有变化，由泥塑改为用绳索或木头制成。按，这种崇拜系远古时代的遗风，不可简单的以“迷信”视之。第 88、89、90 首记述的是拜观音，拜狐仙，拜天狗的民间信仰，这些可称之为迷信。

（三）秀丽的风光

富士山的风光引人注目，第 40 首吟咏道：“雪积莲峰暑亦消”，描述富士山，千年积雪不化的奇特景象。

樱花号称日本的国花，陈氏在第 56、第 57 两首中加以吟咏，“樱花开到八重毬，春气成霞夹水流”两句展现了樱花盛开时，令人心旷心怡的情景。在日本，除樱花外，山茶、海棠、蔷薇、菊花也是名花。第 58、59、60 各首描写了它们的花朵烂漫。

被誉为东京胜景之一的不忍池，也进入了陈氏的视野，在第 51 首注释中描绘不忍池“夏时水柳拖碧，风藻飐红，花树因人依依其意”。按，不忍池系位于上野公园之湖，广数十亩，又名小西湖。

（四）日常生活

衣：第 3 首记官女朝服，第 35 首记襁褓衣，第 17、20 首记女学生衣装，第 99 首记和服，洋服，后三首涉及到了服装的变革。

食：第 61 首记腌制品，第 65 首记食甚淡薄，第 68

首记“鱼煎饼片香”，第 71 首记脍食（食物细切）。这些风习颇具日本特色。

住：第 28 首记小屋，席地连床。按，所谓连床即草织的“踏踏米”，（日语为“タタメ”）。第 48 首、58 首分别记门前设施和屋周喜植花卉。第 64 首记农舍“绿棘黄茅野屋”。

行：第 80 首记人力车，称之为日人发明。按，人力车，出现在明治二年（1868 年），据说是住于横滨的一名基督教传教士果伯（Jonathan Goble）在日本木匠帮助下发明的。黄遵宪在《日本杂事诗》中，记道“小车形若箕，体势轻便，上支小帷，亦便卷舒，以一人挽之，其疾如风，竟能与两马之车争先后”，因此代替了不舒适的两人木轿。在清末中国旅日人士对人力车多有记述，但只有陈氏对人力车夫的装束作了记述。“泥融青布袜连靴，风落乌沙帽似锅”。

第 10 首记日本男女同浴，并说“东京虽悬禁令，然时仍有之”。按，关于日本男女同浴，清末旅居日本的中国人士多有记载，见黄遵宪的《日本杂事诗》，李圭的《环游地球新录》，李筱圃的《日本纪游》，刘珏的《增注东洋诗史》等，旅居日本的欧洲人对此俗也有记述。这说明“男女同浴”是实况。近代日本的“男女同浴”和《日京词》第 87 首所记的“男根崇拜”一样，都是从远古时代传留下来的原始遗风。诗人陈道华不解其事，竟说“男根崇拜，怪不可观”，是一种“迷信”。实际上用历史观点看待这两种遗风，并不为怪。和其他民族一样，日本原初文化的特征之一，是生殖器的崇拜及性生活的开放。《古事记》卷首就有关兄妹阿邪岐神与阿邪那美神相交和两性器官的记述，《日本书纪》中也有男女野合的记述。这说明原初日本人对性关系是没有什么忌讳的，对性器当然也没有什么忌讳的，这正是男女同浴的由来。男女同浴在其他民族中也曾存在过，如生活在东南亚和中国南方的越族就有男女野浴的传说，这与远古时期的生殖器崇拜有密切的关联。日本在属于新器时代的绳纹文化中，发现有表现男性生殖器的石柱和表现女性生殖器的土偶，它们都是生命力的象征。即使到现代日本在茨城、秋田等地农村仍有用稻草制作的阳具与阴户，使其在自然风力吹拂下碰撞，以祈求丰收的仪式。可见日本原始风习的长期残留。在世界其他一些民族中，这些风习何以没有像日本那样的长期残留。在中国则是由于儒家文化的影响。当然日本也曾输入过源自中国的儒家文化。但是，儒家文化对日本的影响更多是在政治层面上，不可否认在道德层面也有影响。但主要的是“忠”“孝”观念的流传。至于儒家的男女观在日本并未深入人心，以至涉及到男女关系的原始风习在日本得以长期流传。以上的看法是我们看到清末国人关于日本男女同浴记载，应有的科学认识。

（五）日本近代的男女关系

《日京词》涉及日本近代的男女关系有两类：一类是正常的婚姻关系，另一类是男子嫖娼的不正当男女关系。

属于前者的有三服之外的兄弟姊妹可以通婚（见第29首），男入女家的赘婚（见第38首）。

关于男子嫖娼不正当男女关系的盛行，《日京词》多有记述：贫家女儿沦落为妓（见第39首），官妓（见第41首，第42首），新桥，柳川妓楼众多（见第44、45首）。作者在有关嫖娼的记述中，流露了士大夫的趣味，所谓“十五年华初见世，向人心意未悠悠。衣红衣绿还衣紫，一夜三回上客楼”（见第42首），但这首诗的注释却保留了有关的风俗史料。

（六）日本的传统文化

所谓日本的传统文化是指明治维新以前即已形成的文化，但维新以后仍在流传。《日京词》涉及传统文化的有绘画作品多仿中国画家沈南苹。所谓：“留得南苹春港样，养成巢鸭谱双鸳”。（第18首）。按，沈南苹（1682—约1760）清代画家，善画花鸟走兽，风格工整浓丽，享保十六年（1731）十二月末来日本，享保十八年（1733）九月回国。在日本逗留不过两年，但对当时已厌腻雪舟、狩野山水画派的日本绘画界以很大影响。在长崎的一些日本画家从师他的很多，以致产生南苹派的写生画。

《日京词》还记述了日本文字，第100首记日本文字五十字音近中国。第14首记日人造有形似中国汉字的文字。《日京词》对汉诗在日本的流传也有记述，第74首说东京之人喜汉诗，尤喜绝句，所谓“文人嗜咏小篇章，感慨高歌学晚唐”。

（七）明治维新的新政和新事

陈道华在日本还考察了明治维新实行的新政出现的新事物，称赞之意流露笔端。第83首提到政党的出现，第84首提到立法改革，初效法兰西，后则改采德意志，第79首和第85首分别提到没收寺院田产和诸藩邸宅，第86首转述日人对维新党领袖西乡隆盛的称赞：“为福吾民最热肠”。按，西乡隆盛（1827—1877）萨摩藩出身，为讨幕运动中的领导人之一。明治四年任新政府参议，主持废藩置县工作。以后的事迹，见姚鹏图的《扶桑百八吟》的第18首。

第17、18、19首提到发展教育的种种措施。第50首提到摄影店的开设，称赞摄影“照人靥似玉芙蓉”。第92、93首提到活动写真（电影），称赞：“深深楼阁不模糊”，“舞衫飞动烟光里”，第49首提到明信片的发行。第12首和第82首分别提到劝工厂（商品推销所）和博览会的举办。

第94首提到剧院上演《不如归》。按，此剧原为德富芦花（1868—1927）发表于明治三十一年（1898）的小说，后改编为剧本。描写夫妻之间，因封建的家庭制度而牺牲了爱情，最终酿成悲剧。对此陈道华写道：“死生离合，悲惋动人，四座观者皆泣。”以上这些新事物的出现都是明治维新执行文明开化政策的结果。

三、姚鹏图的《扶桑百八吟》

姚鹏图（1872~1921），江苏镇洋（今太仓）人。字柳屏，号古风。少年聪慧，其师王韬颇赞其才。光绪二十四年（1898）任山东知县。光绪二十九年（1903）三月至七月奉派去日本，参观在大阪举行的第五届国内博览会，写有《扶桑百八吟》（以下简称《百八吟》）。辛亥革命后，他先后任山东巡按署内务主任，钱能训掌内务部时姚任秘书兼内务部礼俗司司长，直到逝世。生前的文稿零落，仅存诗稿若干卷，内有《百八吟》。在1926年9月由友人杨寿枬整理刊行，杨氏写有序言。杨氏在序言中称赞《百八吟》"采其谣俗，谱以讴吟，隶事皆新，择言尤雅。考山川，志风俗，纪游同《赤雅》之篇，蒐佚事，摭异闻，载笔仿黄车之录。洵职方之外史而乐府之新声也"（这里提到的《赤雅》系明代邝露撰写的记广西山川物产的游记，以词藻简雅著称。）其中提到的"载笔仿黄车之录"，出自《汉书·艺文志》"小说家"著录《虞初同说》九百四十三篇，有注云："〔虞初〕河南人，武帝时以方士侍郎号黄车使者。"后因称编著小说者为"黄车使者"，搜集异闻佚事的小说为"黄车之录"。

姚氏的《百八吟》以在整个日本所见为对象，因此其内容较陈道华的《日京吟》广泛得多，并且由于姚氏的学识水平较高，其记述也较深刻，文化底蕴也较厚重。

下面兹就《百八吟》的内容，分类加以概说。

（一）第五届大阪博览会的盛况

姚氏此次东渡主要是为了参观大阪博览会，因此有多首诗句记述，第 1 首记博览会的规模（面积、工作人员数目）及日本举办博览会的沿革。第 3 首记天皇莅临本届博览会的行仪。第 8 首展示电学光学妙用的不可思议馆（即科技发明馆）。第 9、12、14、98 首分别记水产馆、台湾馆、水族馆。第 10、13 首记博览会的助兴举措：一是设置小艇从山上疾行入山下池内（旋机）；二是周末周日张灯放烟火。姚氏观看这些胜景后，想到自己的祖国，大有感慨地吟咏道："谁知异域伤心客，负手欢场独自归"。第 92 首记博览会设有十项评奖活动。

（二）史事、史迹

姚氏关注明治维新时期新旧势力的搏斗，第 15 首记幕府衰亡的经过。所谓："复古维新任主张，当年龙战血玄黄"。第 16 首记官军进讨幕府余部的高轮之战，第 17 首记官军镇压彰义队之战，第 18 首记西乡隆盛败亡鹿儿岛及后来被赦的经过。在此姚氏吟咏道："由来盗贼本王臣"，"末路英雄泪满巾"，这是对西乡隆盛的一生的评价。

第 19 首记四十七义士的事迹。姚氏在参观义士的墓后吟咏说："中原久已轻游侠"，这是对义士行为有保留的肯定性评价。黄遵宪对四十七义士的行为也很关注，写有长诗《赤穗四十七义士歌》，称颂了义士成仁取义的壮举。后世有多种文艺作品记四十七义士，戏剧有《忠臣藏》；歌舞伎有《四十七义士物语》；电影有《元禄忠臣藏》等。

（三）风光名胜

在日本著名的二山，一为富士山，一为日光山。第80首记富士山的高峻："火山化作千寻雪"。《百八吟》有多首记日光山。第82首记日光山多树木，种类可百馀，能成林者三十馀种。第83首记多瀑布，著名者十二，华岩称最。高山而有巨浸，这是中国雁荡山不具的奇景。第84首记其常崩裂。第85首记其四望皆山，苍林斜日，如入画图。秋深满山皆枫，为一胜景。

第86首记华岩瀑布景观之奇特"危梁衔石度天梯"，"万丈飞泷寒彻骨"。第87首记日光山的东照宫，由于参观仓促，只说"壮丽威严"，未加详述。对东照宫，王韬在《扶桑游记》光绪五年八月四日这则日记中记道："穷土木之奢侈"，"极金碧之辉耀，几于竭天下之力以奉一人"，"殿上榱桷梁栋，悉涂纯金"。

自佛教传入日本，在各地建有佛寺，这引起姚氏的注意。第90、91首记日本古都奈良之多古刹，以东大寺尤胜，姚氏见佛殿中的大佛铜像后吟咏道："从来我佛本无肠，幻作金身现道场。如此痴肥亦大好，不知人世有兴亡"。对大佛颇有微词。按，东大寺为华严宗寺院，圣武天皇时所建，大殿建成于751（天平胜宝3年），大佛铜像塑于743年（天平15年）塑造于紫香宫，后移入东大寺。姚氏记为铜像造于天平胜宝元年，似有误。

第106首记位于大阪的四天王寺，该寺为伽篮之最古者。按，四天王寺系圣德太子与物部守屋作战时为向四大王祈求保佑而建的。战争胜利后又加以扩建。

第89首记位于箱根的塔泽洞、温泉之胜，说它“最清润，无琉璜气”。

(四) 风物、风俗

日本颇具特色的风物，风俗，引起姚氏津津乐道，多方吟咏的有下列诸项。

饼饵与果饵（第68、69首）。据黄遵宪《日本杂事诗》“唐果子”一诗记述饼饵有八种之多，系传之于中国唐代，另黄遵宪在《日本国志·礼俗志》有详记。《百八吟》第68首注释提到的日文“のし”（读Noshi）译成汉文为“熨斗”，系彩色纸笺，置于礼物之上，以致敬。

日本刀（第64首）。按日本刀，明治维新以前武士随身佩带。它是以切为目的的单刃刀，具有不断、不曲、锐利的特点。经多次锻炼、研磨制成。挺拔的曲线，匀称的外形，刀面与刀纹的变化均具魅力，并有纯洁、清澈冰冷之美。因之也是可供欣赏的艺术品，曾传到中国。宋代欧阳修写有《日本刀歌》。宋应星在《天工开物》的《五金篇》和《锤锻篇》对日本刀多有赞赏。姚氏在这首诗的注释中说“日本刀旧有名于中土”，当指这些诗文。

人力车（第97首）。姚氏特记有人以人性的观点，提出人力车“贱人为马牛”主张废之，但姚氏认为车夫以此为生计，因此废除之主张难以行通。

七夕节（第99首），按，七夕是在日本奈良时代由中国传入的祭星习俗。本在阴历七月初七。明治政府改历后七夕节仍存。有的地方推迟一个月改在八月七日。在七夕这一天，中国的女子有祭祀织女星祈求女红精进的习俗。在日本则在五色的长条诗笺上写下自己的愿望，与色纸、纸鹤等一起悬挂于庭院的竹杆上，以祈求书法与手艺之进步。

姚氏关注了日本盛行的“情死”或“殉情”（第72首）。按，所谓“情死”是为了爱情而双双自杀的行为。就妇女一方而言，多发生在妓女之中，但也发生在普通妇女之中。日本人所以好自杀，不能像姚氏简单地认为那样，是由于所谓性格偏急。更重要的原因在于他们独特的生死观：“以死求生”的自杀，被认为是一种纯洁、高尚的行为。殉情的男女幻想通过一死的剧痛，会获得与情人的结合，这是他们最好的选择，这正如姚氏在诗句吟咏的那样：“一死愿为同命鸟，双飞何必在人间。”这种殉情，常成为古今日本文学的重要的主题。在日本还有一个人自愿的自杀，他们不是受他人的逼迫，而是心甘情愿地死去。这些人受灵魂不灭观念的影响，认为人的肉体就仿佛烟花一样，既美丽、又短暂，但死后可以再生。在日本又盛行在武士道精神支配下报效主人、愚忠主人的自杀行为。以上两种自杀，姚氏都没有涉及。

（五）日本文化

姚氏注意多方位的对日本文化进行考察，其中包括有中日文化交流的内容。

文字：在第21、23、59首分别记述了日本文字的特点（读音，不如西方文字字母简便，有自造的形似汉字的文字和外来语。）

书法：第53、54首记中国书法字帖在日本的流传。第55首记杨守敬在日本开创书法新派。按，日本江户时代，中国著名书法家的作品陆续传入日本，其中有宋代苏轼、米芾，元代赵孟頫，明代文徵明、董其昌等人的书法作品，形成了以模仿这些书法家字体的“唐样”书法流派。清末中国由于“金石学”的勃兴，书法流派分为“南帖北碑”两派。此后，北派逐渐流行，杨守敬是其重要代表人物，他1880年去日本，四年后回国。期间他展示带去的汉魏六朝隋唐的碑帖一万三千馀册，致力于六朝北碑书法传授，在日本遂开北碑一派。下部鸣鹤就是杨氏著名弟子之一。这首诗句中提到的“韭花”是指“韭花帖”，乃中国五代杨凝式（人称杨风子）的书帖，此帖为尺牍楷书，书法淳古淡雅，遒茂精致，敛锋入纸，结体稳健，起伏顺其自然。给人以从端严方正，从唐代碑楷中解放出来的轻松感。

史地著作：第15首记福地源一郎的《幕府衰亡论》，第31首记按德川光国的《大日本史》，赖山阳的《日本外史》。按，《大日本史》为水户藩德川光国组织编纂于1657（明历3年），完成于明治39年（1906）共397卷，仿中国《史记》纪传体，以汉文写成，记载自传说中的神武天皇至后小松天皇（1377—1433）时代的历史。《大日本史》书中的“大义名分论”成为幕府尊王论的思想渊源。赖山阳的《日本外史》纪执政大将军，故曰外史，其书也鼓吹尊王论。第49首记《日本史料》，《日本古文书》的刊行。按，《日本史料》系8—10世纪初撰写的六部正史（《日本书纪》、《续日本纪》、《日本后纪》、《续日本后纪》、《日本文德天皇实录》、《日本三代实录》）之后至明治维新时期的有关日本史的基础史料，以编年体编写。《日本古文书》，系古文书集成丛书，以位于奈良东大寺的正仓院文书为中心，除寺社和诸家文书之外，还收入江户时代末期幕府的外交文书等，按年代编集。

第30首记《全国实测录》、《江户实测》的刊行。对此，吟咏道：“括地图书今尚存，当年测绘遍诸藩”。第47首记《支那朝鲜地志略》一书在甲午战争中布置军事行动起了重要作用，对此，吟咏道：“沙场决胜此奇功”。

佛教：在日本佛教由中国传入后，几经变化。《百八吟》的第51首概括了佛教在日本流变的过程。北宗—南宗—净土宗—禅宗。

娱乐：姚氏对明治维新前后的日本公众娱乐活动多有记述。日本民族能歌善舞，构成了公众娱乐活动。《百八吟》的第70、75、94、95、96分别记述猿乐（音乐剧）、傀儡戏、舞蹈、落语、平话（类似单口相声）、和歌（短歌）。

称赞明治维新的新政新风是《百八吟》的重要内容，有以下多首，涉及十馀项。

革称呼（第102首），易服饰（第36首），更历法（第42首），禁佩刀（第36首），废诸侯（第46首），使欧美（第41首），立政党（第29首），改刑法（第32、33首），设警察（第34首），定兵制（第35首），重教育（第2、20、22、24、26、27、50首。其中第2首中所记的“无盐”，相传为中国战国时的一丑女，在此喻为普通妇女。诗句“居然刻画到无盐”意谓由于教育普及，劳动妇女也能识字读报），刊新闻（第60首），用速记（第61首），引科技（电话、轮船、火车，第37、第40、第44首），兴商业（第38、39首），倡实业（第28首）。姚氏在第8首诗中特别提到“日本万事更新，进步神速”，效法日本维新之情跃然纸上。

《百八吟》的第104首注释，姚氏用长篇文字考证了法显和玄奘西行的历程路线，表现了他具有深厚的史地知识，可作研究参考之用。

尤其引人注目的是姚氏在《百八吟》中，抒发了忧虑民族危机的爱国情怀。当他发现中日贸易中国处于劣势时，感到“忧危”。（第39首）。而一次他在大阪博览会上见到八国联军入北京图，他见图生情，提议应效法法国在普法战争后不忘割让领土的国耻，以教育人民的举措，将此图普遍悬于中国各地（见第11首）。按，法国由于在普法战争中战败，将亚尔萨斯和洛林两省割让给普国。

此后，法人在巴黎香榭丽舍大街一所玻璃屋内陈列有普军围攻巴黎的图景，以示不忘国耻，对此黎庶昌在《西洋杂志》第54则有记。另法国在普法战后，于小学校中，常用失地图教育学生树立爱国心，对此吴汝纶在《东游丛录》中有记。又一次姚氏见到一幅《东亚三国轮廓图》，图上有俄国作苍鹰状将我国东北覆盖。姚氏对此大发感慨，在第105首诗句中吟咏道："卧榻有人容鼾睡，纷纷纸上枉谈兵"，呼吁国人奋起抗击外敌侵略！

谨以下列语句结束此文：

陈姚东渡不虚行，
妙笔生花双百吟。
采风问俗辑新政，
爱国情怀犹可钦。

陈道华日京竹枝词□

□ 据北京图书馆藏
“惜庵丛著之一”本
□ 李长林　校点

日京竹枝词自叙

余年卌五，旅匣东游。瀛岛樱花，瞬看两度。胡卢长柄，都挂竹枝。百点土尘，半囊香屑。归装重检，就草成编。谐曲者流，涉笔游戏。词既无益，工何可言。海客馀谭，雪泥一梦耳。戊申荷花生日，三十六荷花院道人识。

陈道华日京竹枝词

1. 东京风物胜西京，十五名区绕禁城。 东京风物
烟树万家河几曲，楼台多处是仙瀛。

日本东京市分十五区。宫禁居其中，即麹町区也，风景幽胜为各区冠。

2. 春旗拂柳马蹄骄，燕尾衣新趁早朝。
同祝君王自神武，炮声流水二重桥。

二月二十日为神武天皇纪元节。宫中燃炮百一十响。 纪元节 天长节
百官皆燕尾礼服贺于朝。比诸元旦天长节，礼尤隆重。市中人家亦各悬旗志庆。二重桥在麹町区。

3. 舞衫宫女气吹兰，表体装成漏未残。
一盏葡萄齐上进，君王带笑醉中看。

宫女朝服

宫女朝服袒背露臂，盖仿西洋表体式也，夜宴时用之。

4. 三军荼火驻青山，宫嫔戎衣早出关。
随侍君王亲较武，金钗十二马连环。

青山校阅

青山校阅场在赤坂区。春蒐时，军队分屯互击，形同对垒。日皇巡阅，后及妃戎衣鞍马随扈其间。

5. 靖国军人旧日功，君王提酒酹英风。
宫妃剑珮坛前立，都为忠魂泪眼红。

靖国神社

靖国神社在九段坂上。每岁春秋设坛祀故军士，牓“义勇忠魂”四字于门，后及妃随从日皇临风酾酒，一表感诚。时则笳鼓喧天，灯火连夜，洵盛典也。

6. 暮春神社放花烟，事纪辽阳战伐年。
飞起红旗人拍掌，坂风吹响过樱田。

靖国神社春祭时施放花火飞炮一响，扬旗半空，雷动欢声，观者如蚁。盖庆胜俄旧事。云樱田在麹町区，近宫禁。神社谓庙坛。

靖国神社春祭(官方)

7. 招魂春社纸灯明，市上人人拜故兵。
一曲讴歌连夜笛，万家欢泣总同声。

春祭靖国神社，设坛凡七昼夜。家家悬灯于门。曰，参拜英魂，曰万民欢泣。或唱凯还，或歌追悼，笙箫达旦，各抒感情。民气一致，于此可见。

靖国神社春祭(民间)

8. 萨摩人士马飞沙，弓剑横腰勇自夸。
曾记东乡功定日，凯歌四市古琵琶。

萨摩，地名，人最骁勇，喜争斗。古今名将多出其间。东乡大将亦彼都人士，胜俄归国日，东京军士咸出欢迎，凯歌遍市。世传萨摩琵琶，亦当时豪士所抱弹云。

东乡大将(东乡平八郎)

9. 绿芜连坂柳连堤，两国桥南九段西。
无数下驮京市路，风时尘扑雨时泥。

东京无石路

东京数十里无石路，晴则风尘，雨则泥泞。士女多曳木屐。日人呼木屐曰下驮。两国桥在日本桥区，九段坂在麹町区。

10. 硝子窗棂掩浴堂，水烟浮起蜜柑香。
灯前嬉戏双鸂鶒，偷眼池边鹭一行。

男女同浴

日人喜洁。浴池营业者众，名曰汤屋，男女同浴。东京虽悬禁令，然时仍有之。岁除夜，蜜柑浮汤，盖取薰香湔除不祥，以度新年也。蜜柑如橙属，硝子谓玻璃。

迎新年

11. 迎年灯桁上门楣，光映松枝与竹枝。
海老生鬓人长齿，家家醉倒酒如饴。

新年门径插松竹缀纸灯，风景飘扬。海老谓龙虾，悬于当户，盖取鬓长征寿意也。元旦日，饮屠苏酒具有古风。

劝工场

12. 劝工场又鼓鼘鼘，家室分携压岁钱。
妾固手轻郎手早，愿同福引入新年。

商场欲畅消积货，以买物至若干金额送券一纸，使拈阄获彩，曰“大福引”。劝工场常见之，新岁尤多。时必鼓吹喧阗，招人游览。闲情夫妇乘兴偕来。手轻谓巧妙。手早谓敏捷。

13. 新年儿戏不抛球，羽子声闻小路头。 新年儿戏
一管横箫儿槌鼓，前町人又赛貔貅。

新年儿戏，板击毽儿，曰羽子。时更一箫一鼓，戏舞貔貅，沿门庆贺，博取金钱。

14. 麹町坂麓饭田桥，春雪销时长暮潮。
辻字一条牛込路，小童隔水放风鹞。

牛込区与麹町区之饭田桥毗连。其地高敞，春嬉童子聚放纸鸢。辻，十字路也。辻、込等字，惟日本字书有之。 春嬉

15. 京华三月半阴晴，春气清和入笛声。
吹到西南风渐暖，柳花门巷卖羊羹。 羊羹

羊羹即我国之饧追音转耳。暮春时节，柳阴巷口，风过箫声。古句云："箫声吹暖卖饧天"情景宛然。东京三月后吹西南风。

16. 鲸鱼吹雾五更天，盛暑楼台亦拥绵。

海气 海气散凉花结瘴，晓窗黄日望如烟。

海港多鲸，嘘气成雾。暑天夜必放凉，寝室不闲绵被。楼窗晓眺，觉日色微黄，盖海气四散也。

17. 白绫衫衬紫罗裙，书笔生香又一群。

下田歌子 新受下田歌子教，未成年不嫁夫君。

学女必裙，而多曳紫色，装饰之别，人望而知。下田歌子乃高才女学者。于麻布区建实践学校，生徒甚众，近倡学说，戒早婚嫁。日法以满二十岁为成年。

18. 描将桃叶绣桃根，花鸟屏开上野园。

留得南苹春港样，养成巢鸭谱双鸳。

刺绣品 女子大学校在小石川区东路巢鸭村。生徒美术刺绣品精致而有画意。常开展览会于上野公园。相传谓日人作画学中国沈南苹。曾见有春港鸳嬉一图，果题仿南苹笔意云。

19. 红闺姊妹柳边过，出席朝朝学唱歌。
风雪在途书在手，貂襟一卷展双拖。

东京女子喜学音乐，清晨至校风雪无闲，其华贵者以金貂为襟饰。 东京女子喜音乐

20. 进行曲起鼓隆隆，小妹随人踏软红。
自学回波新跳舞，飘开裙褶怕春风。

日本女子半多不袴，裙里有短围而无裆，谓之中单。进行，曲名。 中单

21. 公园晚照草如茵，蹴踘场开走玉人。
球向芙蓉裙衩落，飞花风过起香尘。

日比谷公园在麹町区。园南有抛球场，平芜十亩。夕阳半林时，有少女群来蹴踘为戏。 日比谷公园球场

22. 草场音乐慢声声，士女游春曲未成。
弹到入情三味线，花阴庭院月初更。

日比谷公园有音乐场，虚庭如窝，小草连砌，傍听席环列其次。春夏日暮时，人多游歌于此。三味线谓三弦。

三味线

23. 锦町烟柳夜沉沉，歌管楼台月有荫。
多少青年新趁会，定情人更洒风琴。

青年会

锦町在神田区，垂柳夹道，一曲绿荫路西有青年会。深掩楼台，时闻丝竹，烟月春暗，灯火宵凉，野鸳鸯或媒介于此。

24. 轻风生浪暑云收，箫鼓船多放夜流。
两国桥边人尽望，鸥灯红处水西头。

中元节

两国桥长数十丈，烟树醮水，晴风扇凉。中元时节，画船箫鼓，人作水嬉。剪纸为灯，凫于波面，谓之鸥灯。

25. 赤坂桥西水浅清，小娃携手过溪亭。

野田荒草多风露，秋狩毋贪月下萤。

夏秋间，女子喜捕萤于水际，以为游嬉。谚曰“萤狩”。赤坂、区名。 萤狩

26. 信州荞麦白无瑕，京市桃花带血赮。 信州荞麦
惟愿年年好颜色，情郎如麦妾如花。

信州产面，色白如玉。谣曰：“信州好荞麦，情郎好颜色。不食麦犹可，迟郎愁煞我。”盖亦相思词也。嫋嫋柔情，饶有古意。

27. 两脸桃花色带绯，玉肌圆满不关肥。
化妆爱照西洋镜，重袒罗襟半解衣。

东京女子肌理丰腴，脸红晕如桃花色。晨起理发，袒上衣而梳洗，曰化妆。 女子化妆

28. 板屏六尺四遮风，隐隐春藏绿暗中。
纸格窗棂花间槛，鸳鸯儿女屋如笼。 屋如笼

日人屋小如笼，屋偏有院，外蔽六尺板壁。编花为槛，糊纸作窗，席地连床，去履就室。倭儿倭女如鸟依栖。

贫女易婚 29. 贫家儿女易昏姻，之子于归亲更亲。
纸繖迎车灯送路，同缘兄妹敬如宾。

民法规定，三服亲以外兄弟姊妹得为夫妇，意为贫家易举昏礼也。新娘过门，夜乘小车，不扇不帕，所亲迎送举繖提灯络绎于路。

30. 横町昨夜嫁双娃，乌染眉梢不染牙。
狮子齿磨人共赠，质如玉洁气如花。

剃眉涅齿 旧俗凡女儿既嫁，必剃眉涅齿。维新后一变风气，喜以香粉磨牙，皎白如玉，嘘气如兰，齿磨，谓牙粉，狮子商标者为最佳品。横町，谓小巷。

新娘衣装打扮 31. 裙屐新拖入婿家，髻头结彩不簪花。
黑髹盘子金描碗，羞向来宾跪午茶。

新娘至婿家时裙屐一新，而以五彩缕结髻。富家奁物多媵髹漆描金器。宾至送茶，必跪礼致敬。

32. 礼饭团圆夜未央，酒边胡蝶曳双双。
肝煎重唱高砂曲，偷笑筵前待女郎。

选少女数人迎新妇入门，周旋于堂上及为酌者曰待女郎，如吾国俗谓伴姑也。礼饭即合巹饭。以金银纸剪雌雄胡蝶为壶饰。肝煎，谓媒者。礼饭时唱古谣名高砂曲。曲曰："高砂兮重重，亭亭兮苍松。上有偕凤兮，下有骈龙，枝当叶对兮无不双"。 新娘入门礼节

33. 新婚游屐两欢然，笑指菖蒲碧濑边。
水草有花还有节，愿郎相信更相怜。

本所区东南之绫濑川多水园。陂塘十亩，清湍有声。夏时菖蒲作花，娟秀可爱。新婚士女每嬉游于此，亦风俗习惯也。 新婚嬉游

34. 吴服纷罗万世桥，御娘新嫁买春绡。
装成一组西洋著，未必夫权愿取消。 夫权

万世桥在神田区。吴服者，绸绫之总称。少年女子喜效西装，媚慕欧风，比比皆然。著者，衣也。一组，犹言一袭。妻与人为买卖契约，未受夫之许可，有夫权者得取消之。见民法，御娘犹令媛，尊称词也。

35. 嫁时头髻未齐丝，鞠养功程已自知。

襁褓衣　衣带装绵连襁褓，明春腰上裹雏儿。

天寒，襁褓衣带相连，绵裹于背，孩儿依母而暖，其法甚美。

36. 屋根五月树灯红，多子人家喜气同。

鲤鱼风　还笑邻町老商妇，开门迎入鲤鱼风。

时逢五月，剪布为鲤，一子一鱼，树竿于屋，夜更燃灯。盖庆多男也。屋根，谓屋瓦上。

离婚　37. 离婚一议总凄然，那忍生前话断弦。

锦瑟有丝情可续，邻姬还弄坏柯连。

协议离婚，对于裁判离婚而言。坏柯连，西洋乐器，东京女子喜习之。

38. 一身为婿又为儿，缘组成家事岂奇。
人世不过花结子，木栽连理便连枝。

民法谓之婿缘组者，即有家无子乃赘婿为子，以女妻之。俾承崇祀，相续财产，并从姓氏也。贵族始之，庶民效之。今此风大行。 赘婿

39. 穷家有女望春楼，少小呼名似莫愁。
取义阿花还阿蝶，祝儿长大爱风流。

穷家女子，喜命名曰花，曰柳，曰蝶，曰鸟。意取年华长大，尽得风流。其或然欤？ 穷家女子命名

40. 雪积连峰暑亦寒，丽人公子旅行欢。
莫将红豆调冰水，过冷心肠热戾难。

莲峰即富士山，相传千年积雪不消。东京士女夏时喜旅行于此，惯以红豆调冰戾复也。 富士山

41. 吉原门路接横塘，花里秋灯隐妓堂。
奴抱琵琶年十五，新承官许作鸳鸯。

官娼

娼妓为公卖淫，官赋其税，为之登记，妓家各悬灯于门以示人，曰“官许”。吉原在浅草区，青楼荟萃地也。

42. 十五年华初见世，向人心意未悠悠。
衣红衣绿还衣紫，一夜三回上客楼。

官娼限侍三客

官许娼妓每夜限侍三客。衣分次序，红为始，绿次之，紫又次之。示人以信也。年轻而初款客，以纸特书曰“初见世”。

43. 笼纸灯残烛泪销，衣香楼阁雨凉宵。
琵琶弹起中元月，都为悲欢照柳桥。

盂兰盆会

日本桥区有柳桥，上流社会冶游处也。中元节盂兰盆会，灯影衣香，笙歌连夜，一时风月，悲欢系之。

44. 新桥花事更缠绵，近水香城夜可怜。
只恐波生情海阔，有难泪溅别杯前。

新桥在芝区，妓楼繁盛，过于柳桥。有难泪，谓感激涕零，依依情恋。 新桥妓楼繁盛

45. 青楼人聚品川湄，未解罗裙习水嬉。
游过中流风浪紧，更防缠上钓鱼丝。

芝区之品川，一湾绿水，钓艇如梭，几处红桥，妓楼比栉，诚胜景也。川之南北为男女游泳场。暑凉天晚，人作水嬉，曰海水浴。 海水浴

46. 车驰电火夜深红，迢递银河路可通。
郎自怕风侬怕雾，旅楼花树隐帘栊。

维士与女，赠芍既成，相会所期，多于远方旅馆。盖取行踪飘忽耳。 男女相会旅馆

47. 旅楼遮柳惯藏鸦，有燕巡檐计恐差。
转过花深人不觉，一桥通处是侬家。

旅馆之暂止宿者，曰旅人宿。往还士女溱洧成风。警察最为注意。一桥通在神田区濠畔。 旅人宿

48. 侬家桥畔草萋萋，郎认檐灯路不迷。
只恐铃声惊卧犬，轻开门栅入花低。

门前设备

疏栅为门，高仅三尺。入室必低首曲腰。门系铜铃使内外声应。檐树一灯，玻璃磨字，曰某姓屋或某别舍，此通例也。

49. 百合花时独夜居，郎家江路隔芙蕖。
叶书
重烦邮雁通情意，隐语题红一叶书。

风雨鸡鸣，其人甚远，芙蕖隐语，情见手书。叶书，即明信片，百合谓夜合。

50. 叶书新写最娇容，妾貌相形意不悰。
闻道京桥江木镜，照人靨似玉芙蓉。

摄影

明信片之画美人，曰绘叶书。江木商店摄影著名，在京桥。

51. 难再相逢缓别离，柳栏风晓立多时。

荷花欲语怜人意，露泣珠啼不忍池。

东方既白，馀兴悠然。彼姝者子每至上野公园一游而别。园南有不忍池。夏时水柳拖碧，风蕖飐红，花树因人依依其意。 不忍池

52. 绿叶成阴已久时，流莺暗护落巢儿。
可怜梦断桃花后，人面经年未认知。 私生子之认知

私生之子许其父认取。民法规定曰私生子之认知。

53. 西洋若者岂山师，既约同居复远离。
积极良言消极意，空劳手纸寄相思。

东京女子喜与欧西男子交际，尤喜英人。往还既久，亲爱益深，盟约同居，事所恒有。若者，谓少年。山师，谓油猾辈。积极谓结实。消极谓虚。手纸即书札。 东京女子喜交欧西男子

54. 懊情手纸字难工，蚓草描成付海鸿。
记否江亭临别日，眼中留保泪双红。

鸡毛笔

日人喜用鸡毛笔。草字曲弱如蚓形。别绪缠绵，见于书札。留保，谓意欲发而含隐也。

55. 莲纵无心亦有根，丝丝连带结双鸳。
况兼东海多情水，流到成渠不可分。

男女情爱牵系

莲藕曰莲根。连带，谓互相牵系。

56. 吾妻桥外树枒槎，雪意连江十里涯。

樱花

堤畔画船堤上屐，春游人看水樱花。

樱花为日本独产。其普遍者仅五六瓣。花时遥望，皎白如雪。吾妻桥在浅草区。东有向岛，堤连十里，树逾千株。画船游屐，士女如云。东京胜景也。

八重樱花

57. 樱花开到八重球，春气成霞夹水流。
傍晚有人江户上，万红深处荡轻舟。

江户川在小石川区，有八重樱盈千株，花瓣层叠而红，其特种也，春杪夏初始花。白板几桥，红灯两岸，花光夹水，如入桃源。人竞小舟为戏。亦东京胜景。

58. 已放山茶又海棠，数枝红出座敷墙，
邻家艺者知花事，一曲蔷薇一断肠。

东京家屋喜植卉木，三月时，山茶、海棠相继而花。墙角春光嫣红可爱。座敷，谓内室。艺者，谓歌妓。蔷薇，曲名。 歌妓

59. 蔷薇红遍卖花场，花意撩人自放香。
前夜三番町畔过，迷风吹不到吾郎。

三番町在麹町区，艺者聚居其间。灯前弹唱，声色怡人。亦冶游地之一也。町畔有卖花市。三月蔷薇，香风满路。 冶游

60. 我郎菊组我亲栽，团子坂头霜后开。
惹起路人多纵览，九重霞照小银台。

团子坂在本乡区，暮秋时有菊花会，人多游览。组者联合成会也。九重霞、小银台皆菊名。 菊花会

61. 山桃初熟野梅肥，味带微酸入馔馡。
时正红蝉声满路，随风飞著素罗衣。

腌制鲜果

东京人善腌制鲜果之属以为馔料，盖食喜酸甜也。夏时红蝉乱飞，形如彩蝶，晚风町路，有树皆声。

62. 泷川九月落枫时，日日溪头立女儿。
趁取新风红叶狩，水流红叶解相思。

红叶狩

东京多枫，叶细而密。园林霜后，树树皆秋。女生结队游观，别有深意，谓之红叶狩。泷川在下谷区。红树枕桥，碧流抱径。游玩地，其一也。

63. 山国茶船到海滨，霜花旧种露芽新。
绿阴寄席人闲话，岁岁头春胜尾春。

绿茶

绿茶多产于山城国，而以霜之花等种为最佳。谷雨时所采者为头春。大暑时所采者为尾春。茶船俱至横滨，车转东京。游人所憩之茶榻曰寄席。

64. 绿棘黄茅野屋边，打禾人趁老晴天。

村头近日肥流水，风熟千坪早稻田。

田家以黄茅结屋，草棘长于其上，野趣如画。日人既得农法，且肥料发明，故收良好效果。早稻田，地名。 田家屋舍

65. 炊烟庭院绿阴凉，早稻如银铁釜香。
官吏人家清淡饭，奥姑巧制大根长。

日人饔飧甚淡薄，喜腌萝卜为兼味。士大夫家俭亦如是。惟米最嫩白，成饭香软如糯，大根，谓萝卜。士大夫妻曰奥姑。 日人进食淡薄

66. 八百廛头卖万青，小菘三月满春町。 八百廛
新经风雪波薐菜，细绿和羹味更馨。

八百廛，谓菜蔬店。万青即群蔬也。小菘叶如芥而肥。波薐则叶小如蒿。

67. 野香松菌白于银，东道秋期物可珍。
几日霜风天渐冷，京桥又到海苔新。

松菌
海苔

东海道在京之东。松菌产于山洞，形圆如芋，质白而甘。海苔生于海汊，叶薄如纸，色碧而馥。秋冬间至东京皆佳品也。

68. 鲸潮蒸暖纪州风，柑橘才收小作工。
北海雪晴前几夜，林檎入市百船红。

柑橘
林檎(苹果)

纪州在京之南，风候暖，柑橘繁生。北海道在京之北，地土寒，林檎茂长，冬收百果，船载东京。

果子

69. 秋风果子菊花黄，人卖鱼煎饼片香。
纵似月圆犹纸薄，劝郎相赠更裁量。

果子，谓糕饼之属。鱼煎饼其一也。捣鱼熨饼，形圆而薄，脆香适口。

70. 江船趋市趁潮归，日本桥头已落晖。
晚馔人争帆立贝，不如海鼠竹芽肥。

帆立贝
海鼠
竹芽

日本桥区为东京第一街市，海产聚之。帆立贝即江瑶柱。海鼠即海参。竹芽即竹笋也。

71. 秋风香脍雪花腴，朝饭河鲷夕海鲈。
犹有木鱼新上市，柳边吹角入江衢。

东京人喜脍食。白片如纸，每膳不忘。卖鱼吹角为号。木鱼谓海鲣。 脍食

72. 市楼雪夜试牛锅，细火红炉暖叵罗。
商女殷勤留远客，缓教金札换乌靴。

东京饮食店席地而坐。客至必脱靴，以铜或木编号为券，出门时以券换取，谓之靴札。侑觞少女殷勤款客，欲客久留藉此缓之。 饮食店

73. 天赏堂中万宝团，金刚石引女儿欢。 天赏堂
裙头松解虾蟆口，买取千年白牡丹。

天赏堂东京最著名之珍宝店。金刚石即钻石，其最佳者名白牡丹。虾蟆口，谓钱囊。

74. 文人嗜咏小篇章，感慨高歌学晚唐。

帝国图书花外馆，旧藏诗话五山堂。

文人喜诗

东京文学士辈喜为诗，尤喜为绝句。图无对仗之苦，自云学晚唐。首二句每多俚而不谐，三四时有佳句。感慨沈雄如菊池五山辈，世称七绝能手，著有《五山堂诗话》，今藏于帝国图书馆。

75\. 朝作生徒暮作商，商人少妇熟相场。
今川小路初灯候，还倚楼头艳理妆。

男女学生课后经商

东京学校林立，男女咸学。日就课而夜作商者有之。妇女当门营业，触目皆然。相场，谓市面情形。今川小路在神田区。

76\. 新桥东畔海商多，日日佣船外路过。
少女莫教人问屋，个中媒介有风波。

赁船

海商法中所谓佣船契约者，即赁船运货出海也。问屋，谓为商业媒介者，即介绍商也。外国商人俱驻新桥。

77\. 骏河台上路欹斜，老大町人卖酒家。

龟屋有名来客喜，三阶金碧四围花。

日人多用龟字为商号，盖取长久意也。酒楼，旅馆亦曾见之，不以为怪。骏河台在神田东。三阶，谓三层楼。 龟字商号

78. 纱灯高举纸幡飘，路出青山十里遥。
果有妙莲花世界，鬼门通过即仙桥。

日人丧殡，棺前导以纱灯及纸幡每书“南无妙法莲花经”七字，营葬于京市之东北地曰青山。鬼门，谓东北方。 丧殡

79. 缁衣飘逸衬袈裟，曾入山门未出家。
旧日菩提非本愿，故应齐化合欢花。

维新后，寺院田产多没入官。明治六年下令僧徒得有室家，惟服必缁衣，严冬亦蒙袈裟。自此庄严佛国都结欢喜缘矣。本愿，寺名，在浅草区。 寺院田产没官

80. 泥融青布袜连靴，风落乌纱帽似锅。
人力竞奔朝复暮，世途机转不停多。

人力车

人力车为日人所发明，机转灵敏，物可喻人。御者必青袜不履，乌帽如锅。

麒麟

81\. 四路铃声号外新，人传上野览麒麟。
缘何素有文明誉，犹是生成马鹿身。

上野公园招看麒麟，乃身高而瘦有斑纹，头峙双角，其实则似马非马似鹿非鹿之一山兽也。马鹿，斥愚之词。号外谓摇铃路卖新闻。

82\. 场开博览物精华，取扱权归学女家。
个个少年衣一绪，绢丝裙子淡莺茶。

东京博览会

年前东京博览会设于上野公园。所陈百物，精美可观。当场卖物，俱以少年学女，衣裙一律备极整齐。取扱即管理。淡莺茶谓淡绿色。一绪谓一律。

83\. 志士东归故国程，千家村社一欢迎。
柳丝旗影新桥路，人语如潮万岁声。

社会党
志士演说

团体中有社会党志士归国时，组织千人大张旗鼓，迎于新桥，欢呼万岁。

84. 佛界于今说法差，海航人采柏林花。
少年博士东归日，昂首高坛讲国家。

日人维新法律初效佛兰西，今则改采德意志，一时风靡。留学辈新得博士而归者，每开坛演说趾高气扬。 维新法律

85. 藩邸安荣二百年，多时燕子别堂前。
而今旧主犹华族，藤橘林园已暮烟。

德川时代诸藩邸宅在东京，甚华美。维新后，皆没入官，多半池亭荒废，草合生烟矣。旧藩子孙藤、橘、原、平四姓居多，至今犹称华族。 诸藩邸宅没官

86. 体气巍峨貌老苍，高坛铜象是西乡。
游人尚说维新事，为福吾民最热肠。

维新党领袖乃西乡隆盛，上野公园今存铜象。 西乡隆盛铜象

87. 放浪形骸旧有神，年前剥落自由身。
家堂香火灵如在，青草条条亦向人。

男根崇拜

旧俗家家供泥塑裸体男神，怪不可观。维新后，官令废弃。今则以草缆或檀木七八寸代之，竖于龛中。仍迷信也。

88. 观音堂上众烧香，浅草疏钟下夕阳。
我掷金钱人放鸽，相将低首礼慈航。

观音堂

浅草区有观音堂，甚崇闳。钟磬时闻，香火不冷。谒者放鸽致敬，谓之神鸟。掷钱地窖，谓之出捐神料。

89. 火夜金宵下绿坡，神田灯市卖花多。
愿郎不惹虚花梦，拈取芙蕖供稻荷。

稻花神（狐仙）

稻荷神即狐仙。妇女求嗣，迷信者众。每周凡金火两曜为神田区缘日，即祈福吉日，如墟期也。女子多出参神。沿途夜市卖花。

90. 银箫金鼓两三车，一路幢幡彩结花。

妇孺迎神神乐坂，笑容天狗露长牙。

风俗神有青面长嘴者，谓之天狗。春夏间，寺僧奉为神游，导以幢幡箫鼓，妇孺喧迎于市。神乐坂在牛込区。 风俗神（天狗）

91. 昔年小岛出波涛，十二妆楼换发絛。 小岛（女子西洋髻之名）
一百零三高地髻，至今名属女英豪。

维新初海上发见小岛，高一百零三米突。时适东京女子改效西洋髻，因以为名。

92. 队似军衣五色新，铜笳吹动六街尘。
彩旗红署东京座，明日留场活写真。

招人观剧，必旌旗飘动，鼓吹喧阗，如出军队。活动写真，影画戏也。东京座，戏院名。 影画戏

93. 活影银灯入画图，深深楼阁不模糊。
舞衫飞动烟光里，泷水连山月满湖。

活动写真最为巧妙，山川楼阁入望玲珑，歌扇舞衫传 活动写真

神飞动。泷水，谓瀑布。

戏剧《不如归》

94. 将死啼鹃自古悲，芝居新谱不如归。
花形役者歌初出，座上蛾眉泪已挥。

不如归，曲名乃近世事。夫从军，妇为姑所不容致死者。每演此出，死生离合，悲惋动人，四座观者皆泣。芝居谓戏院。花形役者，谓名优。

95. 术坛奇魔天胜娘，步虚人立梦黄粱。
醒时飞舞如风蝶，光闪金衣电影凉。

魔术

女伶有天胜娘者，色技俱佳，名噪一时，善演奇魔术。悬空立睡，谓运用电气或即催眠术也。俄而金衣跳舞翩翻如蝶，电光四闪，炫照人目。

96. 绿杨风里响铜钲，台上如闻战伐声。
一自年前宣胜后，武装猴子亦知兵。

猴戏

东京有猴戏，颇可观。钲鼓一声，俨然作战，戈鋋在手，机警如人。

97. 浅草町头日未曛，布棚围住鼓声闻。
童男童女双飞脚，斗上轻球似踏云。

杂技

日人技甚夥而巧，此则足踏气球竞走如意。女衣红，男衣绿，同场斗剧。

98. 衣制藤丝髻作钩，落山武士力如牛。
临风一击双长剑，想见军容幕府秋。

武士着装

幕府时代将校多用武士道，如古之力士也。短发缭髻如钩。擅击剑。迄今其技犹传。以韧藤制衣，曰铠甲，足御兵器也。

99. 客至香煎玉露园，簟纹楼阁夜灯昏，
蒲团棋儿如僧话，秃发宽袍火钵温。

洋服
和服

日人装束多效西洋服式。其或缓带宽袍者，谓之和服，即旧制也。发秃如僧，蒲团趺坐。冬时必设火炉。好围棋。玉露园青茶名。

100. 日东风俗近支那，谐笔零星纪大和。
市语未分清浊韵，哑咿随唱竹枝歌。

五十音图 土音仅五十字如哑咿呜耶阿等，调音有清浊之分。

陈道华日京竹枝词

人名索引

陈道华日京竹枝词

译名简释

三画

三味线

三弦

大福引

奖券

六画

西京

今京都

七画

坏柯连（Violin。梵亚林）

小提琴

汤屋

浴室

九画

活动写真

电影

十一画

萨摩

在今鹿儿岛县

十六画

镜写真

照相

姚鹏图扶桑百八吟□

□ 据北京图书馆藏

1925 年无锡杨寿枏（味云）排印本整理

□ 李长林　校点整理

杨寿枏序

扶桑百八吟者，故友姚子柳屏之所作也。君以骚雅之才任輶轩之役，龙节虎节，麟洲凤洲，经松岛而访藏，经过芝区而考学制，翻吾妻镜之故籍，证朝日丸之异名。鸡林贾舶，争购新诗，龙沙行箧，尚留旧记。于是采其谣俗，谱以讴吟，隶事皆新，择言尤雅。考山川，志风俗，纪游同赤雅之篇；蒐佚事，摭异闻，载笔仿黄车之录。洵职方之外史而乐府之新声也。乙巳之冬，与君同使东瀛，居爱宕山馆。雪夜围炉，出示此编，命为弁语。人事蹉跎，晷序飙忽，何图一诺，遽隔千秋。青枫关塞，何处招魂。白发江湖，凄然感旧。乃与汪子衮父、陆子彤士，共取是编，校录付印。虽蝉留遗蜕，蝉賸残灰，抑亦安石之碎金，文通之断锦也。犹忆明湖折柳，杜曲看花，画船烟水，如荡古愁，旗亭风雪，共赌妍唱。至若泛沧溟之楫，采鞮译之书，吐纳云涛，摩弄星汉，胸中小五岳，足底大九州，意气之豪，不可一世。尺波遽谢，樽酒已寒。秦淮桃叶之曲，先带离声（君姬人先半月逝），巴渝竹枝之词，遂成绝唱。览斯编也，殆不胜锦袍逝水，玉笥埋云之感焉。一灯黯淡，客思如潮，万叶萧骚，秋声欲雨，校录既竟，为之累唏。乙丑九月年愚弟杨寿枬序。

姚君柳屏传略（唐文治撰）

君讳鹏图，字柳屏，一字古风，姓姚氏。江苏镇洋人。其尊人菉翘先生，为余幼时受业师。君自少聪慧绝伦，每日读书百馀行，背诵无遗。乃祖芷轩太夫子钟爱之。及长，里闬间遂有东西二才子之目。二子者君与陆比部增炜字彤士是也。余以后生可畏，尝与君为文会业师王紫翔先生诲余曰，义理湛深柳屏不逮汝，若文法灵警词华茂美则柳屏胜之矣。辛卯君登贤书年才二十，壬辰与余赴公车试，相得益欢。余举进士，柳屏下第悒悒归。戊戌大挑一等选山东知县，壬寅冬君来京师数过余寓。纵谈甚乐，为余代购黄山谷字帖四册，并书其端。出都时意惓惓不忍别也。君在山东尝两摄邑篆，乙巳丙午之间游历欧美，学识益闳。辛亥政变后任巡按使内务科长，当是时武人枋权，君怏怏不得志，弃官去。值浙江钱君幹丞掌内务部，任君为司长，稍稍得展其才矣。乃甫越二年遽以疾卒于京寓，时菉翘先生与其母胡太夫人犹在堂也。悲哉！君善书法，收藏书画甚夥，性所好也。为文不拘一格，随意摹仿，皆骎骎近古。当光绪中叶，文人学士动辄著书，干当道以相标榜。君亦尝自命为名士。紫翔先生屡戒之，君自后颇能敛华就实。尝见余作某公寿序，讥余曰君以杨班之文程朱之理，杂然并举，乖文体矣。余笑曰，君才读亭林集数页，识见已高如许耶？君相对而笑。呜呼，友朋切磋之乐，今杳然不可复得矣。追念畴昔之谊与菉翘先生期望之殷，辄悲从中来不能已也。君文稿零落，仅存诗稿若干卷，内有《扶桑百八吟》，首尾尚完好。友人无锡杨君味云为排比之印行于世，深感其友谊之挚云。

论曰：《礼记·月令》言聘名士礼贤者，名士居贤者之先，则道义兼尊，可知自秦汉以来，名士之目滥奔竞者，冒托其中，遂不免为世所诟病。君天资华藻而恪遵师训，不为世俗转移，良可敬也。乃天靳其年，不获大展其用。所谓才锋不露者，殆造物之理有固然哉。谱兄唐文治谨撰。

姚鹏图扶桑百八吟

1. 求艾三年长太息，拥书万卷畔牢愁。
   不如濯足扶桑去，聊作人间汗漫游。

光绪癸卯之岁为日本明治三十六年，以阳历三月开第五回内国劝业博览会于大阪之今宫地。会场凡十万四千八百七十六坪（一坪当中国六方尺）。会中职员九百六十八人。以华历三月由山东官派赴会，至七月归国。考日本博览会昉于明治十年，再举于十二年、二十三年，皆在东京上野公园。二十八年在京都之冈崎，均为内国劝业也。 大阪博览会

2. 普通教育化东渐，五十音图众妙兼。 五十音图
   何必文章似金石，居然刻画到无盐。

自空海撰定伊吕波五十音图，日本乃有国文。文即国语。小儿识字，便能作通俗文。然旧以汉文为重。自福泽谕吉辈出，苦其繁难，主张假名文体，遂尔风行。又赖有
义务教育 义务教育，国中遂无不识字之人。予初至门司泊船装煤（门司为丰前地，属福冈县，煤矿为国中第一，汽船出入，皆取给于此），煤船一蓬头丑妇司舵，手持一纸阅之，盖新闻也。此邦教育诚普及矣。

天皇临博览会

3. 天子巡方辟羽仪，马龙车水介而驰。
道旁不用金吾禁，云上森严异旧时。

天皇数临博览会，衣戎衣，乘两马船式车，不设仪仗。时或与皇后同乘。旧制公卿以上驾牛车，驺从喝道。馀皆乘舆或马。明治四年下令革禁之。旧称至尊，所居曰云上。公卿曰云上人。龙颜不拜，尊严太过，上下隔绝。大久保利通迁都议尝痛论之。

4. 拂衣仕女语便娟，远客来从路几千。
爵里 小册题名详爵里，明朝何地是行先。

旅邸给使皆以女仆。客至主人必以小册属书名齿爵里。出发、行先均须详记，日夕警察必就审查。出发，谓

所从来地。行先，谓所往地也。

5. 此邦水土本清华，位置园林各竞夸。 园林
帘卷夕阳人倚槛，家家水阁供盆花。

日人好位置园林，有东亚瑞士国之称。小屋隙地，亦复水木明瑟。盆景尤精，玲珑有生趣，不以伐木之性为工也。

6. 灵根神代郁崔嵬，瓠落无容亦可哀。
此不何尝中绳墨，谁知自是栋梁材。

营屋大小皆有定制。中柱率以卷曲老木为之。又好用瘦木或虫蚀者为斋额。均朴雅可观。日人谓上古为神代。木之老者，困谓之神代木。 营屋定制

7. 神剑光腾夜月寒，当年截兕万人看。 朝日丸战舰
惊龙一夕乘风去，化作楼船朝日丸。

朝日丸战舰去岁造于英国。卜日延外宾及国人观之。重载一万五千六百吨，长四百英尺，入水二十九英尺，每

六十分钟行十八海里。按朝日丸为鸟羽天皇（当宋徽宗时）御剑之名，见《西行物语》。盖以先世重器之名名之也。（汽船多以丸名。日人不能详言其义，观于剑亦名丸，则定名之意可想。）

8. 琉璃小匣暖于春，中有呱呱睡锦茵。
造化小儿应太息，阿谁狡狯竟通神。

博览会不可思议馆

博览会有不可思议馆，内多电学光学之妙用。有一七月坠胎之小孩，幸未死。医家纳之玻璃匣，进电气令热度与母腹中相等，施被褥，饲以牛乳。以一管进空气，以一管出炭气，溲矢拂除，司以一看护妇。云及十月即可出见天日。此真可以弥造化之憾矣。日本万事更新，进步神速。评者以医学为第一，可与德意志争衡。卫生要务故首重之。

博览会水产馆

9. 几家铁网网珊瑚，云母屏风玳瑁铺。
莫向昆仑山上问，已从沧海得元珠。

博览会水产馆有元珠，皆琉球产（今冲绳县），黝然如漆，而中含金光。珊瑚皆土左冲产。内海产玳瑁甚夥。

10. 翩然一叶下危矶，耳畔生风似鸟飞。
台上游人齐拍手，浪花未许溅春衣。

博览会之西有山曰茶臼。山下有池。日人驾木为台，高四十英尺，斜拖铁轨以达池内，小艇六艘以旋机引至台上。客乘之疾下如奔马，及水则大声澎湃，飞波喷雪。从台上望之，几疑人舟俱没。然压水外激，舟中人衣袂不濡也。 旋机

11. 满眼河山劫后棋，太平景物又酣嬉。 八国联军入北京图
白头乌啄长安屋，如见仓皇出狩时。

联军入北京图，张于会场之前。此图当遍悬我国中，如法兰西故事也。

12. 十年遗憾满山河，天子新闻日出歌。 台湾馆展品
一样楼台画金碧，无人解与哭铜驼。

台湾馆为博览会诸馆之一。垩朱涂碧皆仿土风。物产则席、帽、茶、糖、苎麻、米、豆、樟脑、龙眼、鱼贝、染料、木材、金、煤、硫黄之属甚夥。馆旁为台湾饮食店及茶室。又有台湾戏馆，钲鼓聒耳。其中颇有中国人出

入，意者其台湾人耶。

游博览会怆然

13. 士女如云香渍衣，良宵坐觉翠成围。
谁知异域伤心客，负手欢场独自归。

会场日以午后四钟闭门。逢土曜、日曜，则入夜张灯大放烟火。士女杂遝，逢人均有欣欣和悦之气，至夜分乃散。

台湾馆之酒肆

14. 踽步盈盈看窅娘，十年未改旧衣裳。
道旁指点行人说，新地台湾时世妆。

台湾馆旁之酒肆茶寮应客者皆台湾女子，浓妆踽步，日出入于馆中。日人对于台湾之政策，至今不易服不兴学也。

《幕府衰亡论》

15. 复古维新任主张，当年龙战血玄黄。
一篇幕府《衰亡论》，信史无人说短长。

德川专政久，人知有大将军，不知有王室也。自外人观之，佐幕逆而勤王顺，然幕府恩德已深，诸藩骤闻革政，颇疑新进挟少主以弄威福，人怀反侧。又佐幕者多主开港，而勤王者转主闭关。是非参错，内忧外患，国势危于累卵。赖二三藩士明说利害于诸藩之间，渐致维新之治，厥维艰哉。国人述明治史者，指不胜屈。福地源一郎著《幕府衰亡论》，人以为信史。

16. 高轮山色郁苍苍，人道当年此战场。
谁为江城保天堑，论功应念胜安房。

德川庆喜既退居东叡山，明治元年春，官军进讨，幕下将士人思决战，拥胜安房为陆军总裁。陆军西教习亦劝背城借一，胜不应。西乡隆盛军次高轮，胜单骑访之，相携登爱宕山，指江户曰，壮哉此土，付之一炬，如百万生灵何！西乡颔之，白总督缓师。庆喜乃得缴江户城。至九月东北事平。 西乡隆盛临江户

17. 东山彰义一军孤，撄讨曾闻虎负嵎。
莫把射钩论往事，终令齐国有夷吾。

幕府旧臣之不服朝命者，据东叡山称彰义队以抗王师。榎本武阳、大马圭介等战尤力，后乃败降。政府爱惜人才，宥罪录用。今皆建殊勋膺封爵矣。 彰义队

18. 铜像年年芳草春，由来盗贼本王臣。
    鹿儿岛上秋风起，末路英雄泪满巾。

西乡隆盛兵败

明治六年参议西乡隆盛以征韩论不合罢归鹿儿岛，犹官陆军大将也。西乡素负人望，退而为乡人兴学，日以寖盛称私学党，十年春陆军省收鹿儿岛制弹机器。西乡等为众所推不得已举兵问罪政府。至九月西乡自尽，乱乃平。二十二年颁定宪法，赦国事犯，复职赠位焉。西乡铜像民间公建，在东京上野公园侧。

19. 桥下何人乘智伯，海中有客徇齐王。
    中原久已轻游侠，落日来登义士堂。

四十七义士

四十七义士墓在万松山泉岳寺。光禄十四年（当康熙四十一年），赤穗侯浅野长矩与吉良义央私斗，长矩赐死国除，请立后，勿许。明年十二月雪夜，赤穗遗臣大石良雄等杀吉良于其邸，自首。国人以其能复仇也，同声义之。当时国法，凡复仇自首者，得不死。若于西京辇毂、江户幕府之地，仍不赦。于是待以士大夫之礼，令自尽。四十七人皆同日自杀。既死，群为之演剧，并今贩夫走卒无不知有四十七义士也。

20. 六年教数与方名，十岁儿童小学成。
　　纪念尽留书画品，此邦犹见古先生。

日本学制，七岁入小学，谓之义务教育。男女及岁不就学者，罪其父母。十一岁入高等小学。十五岁入中学。五年毕业，服现役兵三年。如学未卒业，许请缓役。乃入大学，或以志愿入各种专门学校，或习师范。凡卒业而去者，皆留书画品为纪念，人各一纸。据明治三十五年统计年鉴以一厅三府（台湾府不计）四十三县合计之，一县当有公私寻常高等小学校五百八十馀所。此实国势进步之根源也。 日本学制

21. 汉读吴音费主张，方言上口讽琅琅。
　　千文谁与重编定，可有南朝周侍郎。

日人之于汉字，读书则汉读，言语则用吴音。汉读出于经生，吴音源于释氏，皆与吾国今音不同，亦与彼中方言无涉。字之训诂，尤相歧异。名为同文而实不同也。文部省旧限小学校用汉字三千，后改为二千。今仅用一千二百字。迩来创废汉字之议者甚盛。文部拟再减至千字以内。欲尽废之，一时亦未易也。 日本文字

22. 六街人影上灯初，就塾儿童夜读书。
处处小僧多入用，犹堪补拙向三馀。

补习学校

文部既定七岁入学之制，窭人子多不收学费，在校一二年粗解文字即可出而就贾。于是有商工补习学校之设。大率商业科授以书算、地理、商法、商品诸学。工业科授以书算、图画、理化之学。每日于日入后就学一二时。贫家小女为人执役者，亦于此就学焉。肆市佣人多招幼男，榜其门曰“小僧入用”，则介绍者至矣。予适市购物，遇长年者持筹，则得数多误，年二十以下者，虽奇零不谬。此教育之明验也。

大隈重信拟改良文字

23. 大隈新字盛流传，点窜佉卢四体编。
谁识先生夔一足，论文不复解怜蚿。

伯爵大隈重信新撰《改良文字》一册，以片假名改如罗马文之大小楷，平假名改如大小草，用右行法连缀字局。其能通行与否未可知。要之屏弃汉文，力趋简易，欲与西人颉颃而争先，则人同此志也。大隈君明治二十一年与外人议改税，则大隈以国力未强，图迁就议决，国人大哗，伺其出，击以毒药弹未中，伤左髀，亟截去之，续以木髀。今行步尚如平常人也。

24. 编书辛苦诲童蒙，教育由来重普通。 教科书改进
沿革应难更仆数，保存犹见印泥红。

明治以来，各学校旧教科书今存于文部省者尚夥。当时苦无善本，多沿用旧籍。如《论语何晏集解》，谢叠山《文章轨范》，李申耆《历代地理沿革图》之类，昔皆用为课本。今则由渐改良日新月异矣。予于旧书肆独留意教科书。每见有学校藏书印记者，面页皆标定保存年限，大率以二年为期，俟新课本出，则废旧籍。既废，则加“消印”二字。

25. 欲把肝肠换国民，西来学说动精神。 西来学说
芝区义塾岿然在，先觉当年第一人。

维新之前，主张提倡西学，为斯民先觉，屡濒于危而不变者，则有中津藩士福泽谕吉。其人初设学于奥平，继移芝区，今庆应义塾是也。其兴学事迹，上虞罗氏《教育丛书》中已译其传。福翁著《自传》一书尤详。

26. 裁红刻翠自停匀，点缀生花妙入神。
何必唐宫催羯鼓，胆瓶常供四时春。

女子职业学校

东京女子职业学校，其造花一科，以绢素制折技尤神气如生，但嗅之无香耳。西人爱之，岁输出甚巨。得值以十之四归公，制花人得其六。花蒂以玻璃为之，涂以绿色。花枝以橡皮为之，中穿钢丝。瓣叶俱烘染。制时必折生花一枝反覆观之如写照。亦有以白鸡毛为之者，不能逼真。

青山协会

27. 青山协会盛钗裙，学界新张娘子军。
女教中原久榛莽，却从海外得宣文。

下田歌子

华族女学校学监从四位下田歌子，日本女师之望也。曾游学欧美。近立帝国妇女协会于东京之青山地。学者甚重。南中女士多渡海从学者。女学萌芽或当在是。日本各女学校大率分修身、国文、算术、历史、地理、理化、外国文、家政、图画、裁缝、割烹、音乐、唱歌、体操诸科。其程度各因学级而异。

28. 当代陶朱六十年，是翁矍铄尚依然。
龙门一卷青渊史，不是寻常货殖篇。

涩泽荣一

涩泽荣一，实业大家也，人称青渊先生，今封男爵。维新以来，凡农工商各种事业之发达，经营辛苦，皆涩泽一人任之。其门弟子甚盛。龙门社编《青渊先生六十年史》可为实业家金鉴。

29. 闻说伊藤与大隈，主盟坛坫盛相推。
若呼复社诸公起，应愧虚名作党魁。

立宪本党改称进步党，大隈重信为之首，宪政自由党并合为政友会，伊藤博文主之，皆以公论主张国是，其权甚盛。今年闰五月伊藤授枢密院议长（位在总理大臣之上而无权），不得复为党魁。西园寺侯遂主政友会（西园寺侯本为枢密院议长）。 进步党

30. 括地图书今尚存，当年测绘遍诸藩。 括地图
赐金为建遗功表，碣石常留武藏原。

伊能忠敬当宽政、文政间，曾奉幕府命测绘五畿七道及虾夷诸岛。维新后曾孙原六献遗著《全国实测录》、《江户实测》等书，特旨正四位，赐金，建遗功表于芝区公园。距没时已六十年。盖吾国徐松、魏源其人种苗者，彼今粒食矣。

赖山阳 31. 微言大义倡尊王，水府遗书食报长。
尚有布衣雄一代，史家人道赖山阳。

幕府专政，王室式微。德川光国（人称水府义公）著《大日本史》，颇寓尊王之义。赖襄（山阳外史）辈出，踵而明之，渐兴覆幕之论。人谓反正之功实导源于诸老也。

32. 德川刑法除烦酷，什一还从大宝征。
谁道名家多近刻，西方仁术此传灯。

德川刑法大率同中国而加酷。明治二年，聘法兰西人依据各西律，参用大宝残律（大宝当唐长安时）及明律改定刑法。至五年下令布告曰，狱者所以仁爱人，非所以残酷之也。不得已而用刑，亦为国除害而已。窃观于裁判所，不能不芒刺于背也。

改定刑法

33. 狱吏能如师长亲，罪人教育诱循循。
衣冠我亦为民牧，白日南天泪满巾。

全国监狱，县各一所。大阪府二，京都府一（即西京今犹沿旧称），东京府四。东京监狱在巢鸭地者，狱地

狱制改革

共六万二千一百十八坪，为屋三百间，间各四坪。岁糜金十七万元。旧属裁判所，今年四月始与司法直接。狱制细密，大率幼年授读，长年习艺，合学校、工厂、医院、园艺而为一。罪人教育，吾国古未尝闻也。

34. 周礼遒人徇木铎，汉官中尉掌金吾。
爱民自有西来法，学舍犹悬手搏图。

警察巡捕以中学毕业或二年生志愿充当。义务细繁，其行政略似我国之州县官，特彼无司法权耳。凡充巡捕者，近皆习柔术。（徒手搏人，故谓之柔。东京高等师范学校校长嘉纳治五郎以柔术名，当之者辟易，门弟子甚盛，再传者数千人矣。我国北地亦多能之，闻其术胜于日本，惜士夫无学之者。）盖持械捕人，则人易受伤，故必徒手擒之，亦不戕同类之至意也。 警察

35. 同裳与子赋偕行，未必狂言误后生。
尚武精神凭教育，人人投笔请长缨。

国民年二十一二为常备兵，二十三四为后备兵，二十五六为预备兵。人有保国之志，家以战死为荣。尚武是其素风，而尚武原于教育也。 常备兵

改正易服

36. 改正易服费张皇，变法何堪率旧章。
手脱佩刀还一笑，从今不尚北方强。

明治即位，即诏废唐服。至五年，乃定大小礼服常服，悉仿西制。然席地之风不革，则袴不便，入室皆脱屦，则靴不便。剃二千五百年固有之发。非军人不得佩刀（旧俗人佩长短刀各一口以自卫）。则尤不便之甚者。议者谓与民更始必先改正易服。日用兴居，悉与旧殊，则新机自盛。故当时毅然行之。然至今旧服不能废。妇女西服者尤罕见。

非军人不得佩刀

37. 都邑纵横盛市廛，灵枢掣电语能传。
尻轮神马腾腾去，不用仙家缩地鞭。

电话

市廛贸易以电话通语，往来则用脚踏车。日人谓德律风为电话，谓轮船火车为汽船汽车，谓放汽之管为汽笛，以其能鸣也。各种新名词当时翻译多经文学名家撰定，故皆精审。

38. 六街旌旆走飞扬，军乐嘈呟报出张。
市价标题多不二，之行更有劝工场。

劝工厂

劝工场百货骈集，市价不二。官为营屋赁与各商。出入各为一门。入其中者，皆顺序之行。凡新营业者，裂帛为帜，详书何业何地，奏军乐遍告市廛。复于人烟辐辏地及停车场之旁将所出品物，削木榜书，以告售者。藻饰华美，多如其物之形，谓之商标。专用十五年，他人不得雷同。

39. 商战能将世运移，神州时局正忧危。 商战
堂堂白日东流水，沧海何年塞漏卮。

中、东贸易盈亏，据明治三十五年外国贸易年表，我国亏六百二十四万两有馀。查运华货物，多系各项制造已成之品，易金银而去。我国之销于彼者，皆原料物，以棉花、苎麻、朱漆、丝棉、羊毛、猪毛、兽骨、谷种、豆糟、席包诸物为大宗制成则复卖之华人。其受亏盖不可计也。

40. 孔道如龙傍水滨，艰难国步忆前尘。
近来意气飞扬甚，当日谁扶大雅轮。

明治五年，东京横滨间铁道甫成。当时人不知汽车之利，群起挠阻。大隈伊藤二君犯众议兴工。既成天皇亲临 铁道

落之，是为全国铁道之始。自东京西发，第一停车场为品川。滨海石岸，人莫能筑，由英人代办。日本地少平原，铁道经行，穴山渡海，其难易视我国不啻倍蓰也（全国铁道干道官立，支路商办）。

41. 当年诸老总迷离，醉眼还夸国手棋。
一著烂柯争不得，有人犹是弄猧儿。

幕府之季排外之想尚盛。当国者皆瞀无知识，通商出于势胁，太阿倒持，税则法权，皆美公使所定，多不利于国家。明治维新，专事改正，屡遣使于欧美，议辄牴牾。甲午后甫得改定条约，至三十二年乃实施之，亦云艰矣。

遣使欧美

42. 一六重更休假期，美人相约酒盈卮。
玉珰缄札殷勤道，一日思君廿四时。

用太阳历

明治五年改用太阳历，改定一日十二时为二十四时。维新初复古一六日休假之制，至是改休于日曜。

43. 此国公然号女王，新罗百济莫能强。
如何画作西方美，小影家家寸楮藏。

明治八年，印刷局延意大利人为雕刻师，镌神功皇后之像于纸币。及成，则俨然一意大利人，（此语得之印刷局长得能通昌，局中备藏各国新旧纸币，此纸在焉。）乃知国人各有特色，万不能假手于外人。苦心学之，其术渐精。今且日进未已。考神功皇后之征新罗服高丽百济事，当后汉建元五年。《魏志·东夷传》谓，共立女子为王，盖指此。史纪外国事，大率在云雾中也。 印刷局

44. 第一楼船月岛丸，冲破永逝涕汍澜。 月岛丸
男儿终遂乘风志，莫道人间行路难。

东京商船学校之设二十年矣。然航路不出于东太平洋。其西行汽船之长，多用欧人。三十三年，月岛丸成，国人自驾而行，一去不返。于是全国发愤来学者日众。岁取五十人。数年以来，颇见发达。讲堂悬月岛丸之图，环以死事百有七人之小影。既以哀永逝，且劝学者也。日人勇锐大率类此。

45. 一幅画图遣唐使，衣冠文物识依稀。 遣唐使图
流传尚有银鱼袋，当日官家可赐绯。

银鱼袋今藏东京博物馆，长而方，以革为之，中界以

梁，梁中凹，左右嵌银鱼各三，腹相向，首上尾下，袋之端有穿以系绦也。遣唐使图见于博览会之美术馆。

46. 夕阳门巷旧乌衣，未改河山风景非。
华族班班题姓氏，当年家老泪频挥。

废公卿诸侯

明治二年废公卿诸侯，改称华族、士族、平民，曰民族。盖以弭旧诸侯之怨望，未可骤言平等也。十七年锡华族以五等之封，凡五百数十人，维新功臣亦多与焉。谓之新华族，有《华族名鉴》之刻（以五等封为序，旧禄、今职、住址、生日、妻、子名氏皆载）。职员录，岁以七月刊行，甚详。犹我国之有《缙绅全书》也。

47. 图志何人测绘工，沙场决胜此奇功。
家家聚米谈形势，尽纳山川夹袋中。

支那朝鲜地志略

从旧书肆购得《支那朝鲜地志略》二册，以明治二十七年七月三十一日发行。盖日皇下诏宣战前之一日也。著书人非名士，而山川人物纤悉皆知，如契丹之于宋国焉。

48. 口编群书六百帙，指揿《道德》五千言。
盲人教育西来法，前辈遗书今尚存。

幕府之季，盲人碻保已一编《群书类从》六百三十六册，今已刊成。又续编一千一百八十五册，今甫由史馆校刊，尚未成书。西岛宗丹亦盲人，揿指为字，成《道德经》二卷，今存东京博物院。日人取法德人，创盲哑学校，全国凡十所（三十三年调查之数）。旧以汉文授读，今皆改用和文，别制假名，字体皆累点为之。 盲人学校

49. 蘗残蠹简乱于麻，六国陈言载五车。
史馆榜书编辑挂，征文考献各专家。

史馆编辑挂属东京文科大学，犹言国史馆也。馆员分门编纂昉自神代，岁刊一册。已刊者，《日本史料》四册，《日本古文书》三册。旧史以六国史为依据。（始神代，讫清和、阳成、光孝三朝。当我国伏羲，迄唐昭宗乾宁四年。）其先代古文书墨本，皆藏东京裁判所。 日本史料 日本古文书

50. 博士高名世所稀，诸家授钵更传衣。
满堂前辈谈锋起，白战无人与解围。

大学分科

大学分法、医、工、文、理、农六科。毕业者得称为学士。入大学六科皆有博士会。凡学士之学术精邃得会中称誉者，必经诸博士试验辨难，人无异词，乃公举为博士，由文部省认可。故学者以得博士为至荣。

博士

佛教

51. 佞佛风流今尚存，真宗净土扫群言。
旁支别有镰仓派，尚武精神不二门。

佛学传自中国，圣武前尚北宗，至桓武天皇创入南宗。然道蕴高妙，愚民莫解。当时佛教即国家之教育，于是净土真宗创平民主义为本愿寺派，破除文字，只念阿弥陀佛。矫其弊者，则有日连寺之法华宗，专崇《法华经》。其后则有武士禅宗，以尚武为精神，始于镰仓，其源亦出于《法华》。此派至今尚盛。维新先觉多在僧侣也。

活字印刷

52. 活字从来道毕升，谁知唐室已传灯。
浮图一握留经卷，眼福平生得未曾。

活字板昉于宋庆历中，毕升所造，以胶泥烧成。见沈括《笔谈》。东京文科大学讲师黑板胜美出示一小木塔，腹藏小经卷，高二寸许，长不盈尺，乃活字板所印，字体绝类隋造像，云神护景云间造塔藏经大率类此，今已星凤矣。是唐时已有活字板也。

53. 山阴遗迹重唐摹，万岁通天墨本孤。 重唐摹
尺牍流传今尚在，异邦文物此球图。

唐摹右军启事三帖都一百二十九字，钩法绝似万岁通天帖，墨迹今藏内府，多田亲爱锓木传之。予从内藤虎次郎见电影本，神光照人，所谓下真迹一等也。西魏陶仵虎写菩萨处胎经在西京博物院，当为世界第一剧迹，惜未之见。日本重佛，古物保存往往赖之。唐人写经凡见二十馀卷，有绝佳者。

54. 世尊家法变青莲，宗派相承七百年。
尽有御家流样好，德川书体逊前贤。

世尊寺行成乡（万岁四年卒，当宋天圣五年），书法冠绝当时，子孙多善书者，流传三百年，人皆效之，称世尊寺家。其后尊圆法亲王（当我元季）、居粟田青莲院，流泊尊朝法亲王，以学尊圆得名，遂用为德川氏公文书体，改称御家流。然去古日远，字体日颓矣。集古浪华帖一卷，木刻本。自嵯峨天皇以下凡十二家，日本先代书法 书体

源流大率在是，惜佳拓不易得也。

55. 松雪香光摹响榻，评量肥瘦各名家。
自从一见杨风子，法帖家家仿韭花。

法帖

书体好仿赵董，传摹多木刻本，俗恶已甚。自杨惺吾守敬至日本，遂开北碑一派。日下部鸣鹤辈遂尔知名。然学校汉文习字帖尚多，旧时体格，不能变也。

56. 醍醐宫阙草青青，文献千年散若星。
尚有流传延喜笔，晴窗趺坐仿唐经。

延喜笔

醍醐天皇之世，当我唐季，文物最盛。东京有延喜笔，盖仿当时旧制，形如花蕊，其末甚锐，临唐人写经尤妙。乃悟古今字体之异，实由制笔之不同。

57. 书棚行过琳瑯阁，香色犹堪动古魂。
惜我来迟廿年后，宋元祕椠已无存。

旧书肆

东京旧书肆以琳瑯阁为第一，在上野下谷区池之瑞仲町。然祕籍已不可得。国人近知保存古物之益，考据亦精。收藏家日多矣。

58. 铅椠精良较鲁鱼，密行细字尽奇书。
　　贾人珍重鸡林价，出板家家别部居。

东京书肆，京桥神田二区为多。各售专门，不相羼越。三省堂多教科书。有斐阁、明法堂则政治、经济、法律。敬业社则博物学及标本。东京堂则性理。博文馆则杂志。中西书屋、丸善会社多西文书。馀如日本堂、富山房皆书肆之大者。图画则东京造画馆为第一。大阪青木嵩山堂多汉文书。 东京书肆

59. 分篆相承草降真，孳生变化已如神。
　　未来世界何须问，应有中原造字人。

日人多自造之字，如榊之为神代木，辻之为四达之衢，甚夥。自西学东来，和文又日增新字，音则谐声，义则指事，具详字典。我国译定矿质化学名辞亦颇有新撰字矣。盖文字者，事物之记号。事物日盛，则字必增加，记号日繁，则体必趋简。变迁所极，虽百世可知也。 自造之字

60. 大厦扶持仗众材，一时言论动风雷。
铃声日暮匆匆过，知有新闻号外来。

新闻

东京新闻杂志凡二百五十五家，合他处计之凡九百四十四家（此三十三年调查之数无保证金者不能悉载）。主笔者多知名之士。四民各有专门之报。日报于已发之后，本日别有新闻，即刊小纸名曰号外（即华言传单）。急足分道卖之，以铃声为号。

61. 言言语语纪无差，书体横行别一家。
奇字旁人浑不知，如飞落纸走龙蛇。

速记

两人对谈欲记所语，则召速记生。速记之法，用铅笔作蟹行书，以假名遍记方言。望之略似西文草体，或一画甚长，或连加点识，落纸如飞。语少迟，即停笔。而待谈毕，即授其人译之。一小时受值银一元。东京有速记竞技会。

62. 井头池水被神田，甲斐多摩引玉川。
从此茶瓯散清馥，风生两腋欲升仙。

自来水

东京旧乏清泉，宽永中（当明天启），德川家光引牟礼村之池水，被之神田诸街，命曰井头池。至承应元年（当顺治元年）复引多摩川水，凿渠长十二里，伏流江户汲饮大便。多摩之水导源甲斐，经武藏入海。旧用笕通水，今改用铁管，复多设漉池，淤滓尽去，无水不甘。诸道多仿行之。大阪两月不雨，而田苗不枯，则凿井之利也。

63. 名字当年怖小儿，茶寮处处飐灵旗。 茶寮灵旗
张拳意气今犹昔，想见冲冠发上时。

镰仓尚武，遂成国俗。茶寮檐下以布书古力士名，人各一幅，云可镇宅，犹我国之神荼郁垒也。今力士犹不剃发。

64. 脱鞘寒芒作作奇，殷勤拂拭喜盈眉。
买之何必截蛟兕，持向人间斩乱丝。

日本刀旧有名于中土。年来佳者鲜觏。予从东京见数十柄，大抵皆维新前民间佩刀。 日本刀

65. 一角湖山倚夕曛，枯棋著手亦成春。

神州何处非蛮触，愧杀从旁看奕人。

围棋

围棋之会遍于国中，一技之长，进步已非昔比。旅馆酒家多备以应客。酒馀茶半，枰楂纷陈矣。

66. 款宾传送淡巴菰，南部煎茶摆矮壶。
奇事人间应寡有，家家六月尽围炉。

饮茶

吸烟
"淡巴菰"

饮茶以小磁壶盛叶，以大铁壶盛水。产茶甚富，焙制亦精，味清腴而易退。壶以南部盛冈产为佳。炉为温水，吸烟而设，虽盛暑不断火。亦呼旱烟为淡巴菰，人人吸之。其器似都门之潮烟袋而短，盛烟无多，就火一吸，即以左手拍去。

67. 呼童拍手理茶鐺，锦席团团笑语温。
四壁萧然无长物，不知袖里有乾坤。

室中设置

呼童以电铃，或以拍手为号。客至，则人设一方锦褥。褥以悬画处为首座。花一瓶，香一炉，为室中常供。壁有橱诸物悉备，用则取出。胸前袖底藏物，无异行囊。室中物不如袖中之多也。

68. 第一名家风月堂，新炊饼饵百花香。
　　摺成巧样如方胜，五色鸾笺送喜忙。

饼饵之属以东京风月堂为第一，装饰尤雅。凡馈人必施のし以致敬，以纸为之，色尚红白，间有他色者。其形上如圭而下如锥，中插鲸骨一条，不知何意。 馈人致敬

69. 日光山下炼羊羹，小豆团酥手法精。
　　更有味噌香百和，奈良持煮尽知名。

果饵虽多新样，馅则类以豆为之。炼羊羹亦豆糕之属，不知何以羹名。以日光山下者为佳。酱醯之味，谓之味噌，以奈良产为佳。 果饼 味噌

70. 足利谣初胜大和，飘零猿乐渺山河。 猿乐
　　西来法曲多传习，尚有琵琶奏萨摩。

猿乐谣初盛于足利，世世传习，幕府既废，乐与俱颓。以皇太后素好之，明治九年复建能舞台于青山御所（俗谓猿乐为能），猿乐遂行于世。

妇女打扮

71. 匐彩家家各擅场，酥胸傅粉白于霜。
画眉新样初三月，不数当年血晕妆。

妇人傅粉往往及胸。首饰大率以玳瑁栉或珊瑚珠十颗压发，绾以金簪或银，上衔大珊瑚珠。无耳环。女子学校之服，腰围紫色裙，绾发以彩绢，有结如燕尾然。旧俗剃眉而墨之，今皆弯弯如新月矣。《唐语林》，长庆中，京妇人去眉，以丹紫三四横约于目上下，谓之血晕妆。则去眉亦唐代遗风矣。

情死

72. 深盟密誓指青山，啮臂论欢笑等闲。
一死愿为同命鸟，双飞何必在人间。

暱妓或私遇相欢甚，往往约同死。每自屠其腹。又日光之华岩瀑，亦多投身者，屡见于新闻纸。日人性偏急，好自杀，亦每以公愤杀人。

73. 冲霄野火夜深殷，万丈浮图不可攀。
魂气归天魄归地，英雄埋骨向青山。

火葬

居民大都火葬，建浮图，虚中以焚之，而葬其骨。

74. 非佛非仙名大黑，万家供奉最相亲。
团团粉面圆如月，道是人间福禄神。

假面

旅邸市肆壁间多悬假面，圆而白，谓是福禄神，名曰大黑。有用为商标者。

75. 浅草公园曲径通，衣香髩影各西东。
髑髅犹作人间戏，色界华鬘总是空。

髑髅戏

浅草公园百戏具陈。有髑髅之戏，拜跪起坐如弄傀儡者，复节节离合之，盖全体学骨部之实验也（学校多悬人骨及人体剖解模型以备讲师演说）。凡游戏玩弄之物，有关于实学者为多。

76. 世界园林各盛夸，春樱秋菊嬗年华。
新闻报与游人道，堀切菖蒲又作花。

园林

春樱秋菊，日人夙诩特色，梅藤荷枫之属，近京皆有胜地。花时，则士女如云。堀切以菖蒲名，岁以阳历七月作花，即吴中谚语所谓蝴蝶花也。

不忍池 77. 不忍池边落日斜，绿阴深处走香车。
酒家与我殷勤约，八月凉秋看藕花。

东京之不忍池，游宴胜地也。池中荷花亦一大观。今年中历闰夏，花时当八九月矣。

78. 参天乔木倚斜曛，第一名园溯旧闻。
曲沼亭台如昨日，游人犹说故将军。

植物园 东京植物园地可数十亩，极林泉之胜，为德川氏旧墅。

79. 火树银花绣陌连，衣香髫影夜阗阗。
烛龙忽作凌风舞，咳唾繁星落九天。

烟火 烟火亦名花火，制作精妙，视广东所制为胜。岁以五月至七月为施放之期。亦有白日当空砉然一声，天半现国旗或气球，时时变换。虽玩物亦刻意求新也。

80. 火山化作千寻雪，沧海填成十亩园。
世事盛衰何可说，有人落日望中原。

富士山高一万二千四百七十四尺，为国中第一高山。顶形如盂，终年见雪。昔为喷火山。今东京浅草地，旧亦沧海变为桑田。至今海苔犹以浅草名也。 富士山

81. 西风送客雨霏微，长夏时光尚袷衣。
万绿丛中人不见，烟痕一缕捷如飞。

游日光，发东京之上野，汽车行三点十分钟至宇都宫。一路平原不见山，气候渐寒。 游日光

82. 嘉树每为人爱惜，平原极目长风烟。
西家却被东家笑，种木成阴三十年。

日光铁道夹道丛林山为官内省所属地，林木尤茂。揆其蕃盛，不过二三十年。大率种苗平地，长则移之山上。燥湿阴阳各如其木之性。种类可百馀，能成林者凡三十馀种。 日光山林木

83. 环绕南山作画屏，平湖如镜水泠泠。
粉墙一角临流屋，岁岁秋来见使星。

日光山多瀑布

日光多瀑，著者十二，华岩称最。源出南湖（一名幸湖），湖东西三里，南北一里（一里当我国六里有八），云深处可一百二十间（当我国七十二丈）。高山而有巨浸，雁荡未为奇矣。湖之南有英国公使避暑馆。

84. 槎牙古树立澄潭，莫把愚公笑妄谈。
愿祝东风齐著力，好山吹送到江南。

中禅寺

南湖之地称中禅寺，有枯木数株横卧湖滨。土人云，山下旧有小学校。去年九月山崩，适逢日曜日，生徒皆散。校长父子及馆僮均及于难。日光亦火山脉，时虞崩裂。

85. 归去同寻下水船，不知身在万山巅。
何当与订枫林约，携酒重来九月天。

汤泷

南湖之上有汤泷（日人谓瀑为泷）。其源曰汤湖馆。人以笕引水入屋浴之，多硫磺气。下山则泛舟南湖，还宿中禅寺。茑屋旅邸，四望皆山，苍林斜日，如入画图。舟人云，秋深满山皆枫，为一胜观。日人诗多咏之。

86. 危梁衔石度天梯，一角茅亭似鹘栖。
万丈飞泷寒彻骨，酒衣多谢勃兰提。

华岩泷

华岩泷隐而复现，遂分上下为二。其下方须逾白云泷，寻危径回环，攀缘而下达。白云之瀑初出削壁石骨中，如屋漏痕，潺湲不甚急，下注深潭。水复从潭中溢出，与石搏，喷雪入涧。涧有桥。人立桥上，浪华湿衣。踰桥行数折，乃望华岩。此道去年甫辟。土人面瀑结小庐于此沽酒。壁间多游人留刺。自中土来者，予为第一。日人盛道华岩。予则以白云为奇。

东照宫

87. 东照当年我武扬，灵宫日月并辉光。
看山惜我匆匆去，未拜将军旧庙堂。

日光之东照宫，为德川家康庙祀。壮丽威严，国中无匹。

88. 家住名山春复秋，神仙眷属世无俦。
归舟若问谁相忆，第一君家环翠楼。

箱根之塔泽

由国府津易电车至箱根之塔泽，循岬之行而上，峡道苍翠，涧泉奔赴。因石势以为缓急，有旅邸曰环翠楼，尤占山色泉声之胜。主人铃木氏好客，耽风雅。有母年七十五（朋好寿母之诗多用素纸，犹存我国旧风），有子十二人。长男东京大学法科卒业，次亦清语科卒业，馀并入中小学校。女子二人俱入东京女子大学校。真神仙中人也。中东名人赠诗盈箧。伊藤侯尤多。予与元和汪衮甫（荣宝）一宿于此，成五言长律四十韵联句。明日观玉帘泷，亟还大阪。箱根未获遍游。

温泉

89. 闻说温泉铁杖开，旧槽重与辟蒿莱。
老人相遇闲云鹤，谁识山中宰相来。

日本多温泉。予所浴者以塔泽为最清润，无硫磺气。壁间有铁肠居士记略云，塔泽为箱根七洞之一，温泉乃三百年遗迹。庆长十年单誓上人以铁杖凿岩，温泉涌出。万治己亥溪流瀑涨，遂失旧槽。铃木君见地中缕缕生烟，掘地得旧础。实明治十九年十一月也。予留塔泽一日夜，时时解衣旁薄，盘桓不能去。下山遇老人野服策杖而来，盖伊藤侯也。

90. 十里靡芜山上遥，神祠乔木话南朝。
原头尚有长生鹿，常与空山伴寂寥。

奈良为古帝都，自后醍醐天皇奔吉野，遂有南朝之称。故陵旧刹，胜迹依然，乔木如云，地多驯鹿，其来已久。 奈良古都

91. 从来我佛本无肠，幻作金身现道场。
如此痴肥亦大好，不知人世有兴亡。

奈良东大寺大佛殿毘卢舍那佛跏趺铜像，孝谦天皇天平胜宝元年造，为太上祈福，长五丈三尺五寸馀，称是，可谓世界大佛殿，已颓坏。今议集资修复，宫内省岁蠲金焉。 东大寺大佛像

92. 技师博士审查勤，出品骈阗别四民。
名誉金银分等次，赏牌颁赐捧如云。

博览会察诸馆出品，定其甲乙者皆博士技师职之，名曰审察官。分为十部勤务：一、农业及园艺；二、林业；三、水产；四、采矿及冶金；五、化学工业；六、染织工业；七、制作工业；八、机械；九、教育学术卫生及经济；十、美术及美术工艺。盖人各有专门之学，故评骘多允当，而总其成于审查长大鸟圭介。审查长上之天皇，以七月一号颁赐诸等赏牌。一、名誉金牌。二、名誉银牌。 博览会评奖

次则金牌赏、银牌赏、一等赏、二等赏、三等赏。馀则给铜牌及褒状。受领者以为荣。榜之于肆。详见《出品审查概状》及《受赏名鉴》二书。

93. 一幅云烟画本开，饭田高岛盛名推。
买丝解绣江山好，可有针神度巧来。

刺绣

刺绣以西京为最，法亦传自中国。近参用西人绘法，故画理亦精。向背阴阳，丝毫不爽，望之如真。当为环球第一矣。饭田高岛二姓尤有时名。其画稿界线纵横，密如蛛网，盖即书家八十一格之法而加精。

94. 剧场新踊浪华多，连袂如闻踏踏歌。
灯影乍明帘乍卷，画衣并坐奏摩诃。

踊踊舞

观浪华踊踊舞也。浪华，以地名也。大阪，为古浪华地。

95. 鱼龙百戏尽登场，中岛凉宵乐未央。
如见前朝敬亭老，闲持醒木说兴亡。

中岛在天神、难波二桥之间，平台横流长数十丈，围以铁阑，为夏日纳凉地。酒食百戏皆陈于此。有一人高坐台上说史事，手持摺叠扇，口中喃喃，忽喜忽怒，听者如堵，谓之落语。盖即宋人平话，今吴中说书之流。有关于下流社会者甚大。 落语

96. 一场歌泣不分明，子夜愁闻百感生。
万叶遗书今尚在，行行秋蚓读难成。

日人酒酣，每引吭而歌。其声哀厉，能令闻者不乐，名曰和歌。古和歌具载《万叶集》中。虽和文，然多与今异。国人亦不能悉解也。其新编军歌尤多。予所见者，凡九十八种。 和歌

97. 人力何堪比马牛，陆安铁轨水轮舟。
从今别创金轮界，顽石何年尽点头。

人力车创于明治二年，当文明萌芽之初，颇利民用。近病舆者之饱食无用，且贱人为牛马也，议废之，于陆，则设电车及铁道马车（架轮于铁轨而行，以省马力），于水，则设小轮船（用六马力石油引擎，一钟可行十里），以通往来。然贫民率以人力车佣食，群哄阻挠。大阪地方 人力车

已由府知事创行小轮船。俟民气稍开，即归商办。东京已设铁道马车，电车甫立，尚未通行。各因土地所宜为设施之先后也。

水族馆

98. 难波新地六番町，水族珍奇入画屏。
行过玻璃鱼藻洞，网珊又见海天青。

大阪水族馆在难波新地，以玻璃为墙，中施电灯，人从壁上观鱼。云仙杂记所谓鱼藻洞者，今为博物之助矣，产地种类，一一标注，大率皆东太平洋及日本内海产。楼上有珊瑚，市无巨材，壁张网珊之图。

99. 天上未更新甲子，人间已改旧春秋。
彩笺系遍琅玕竹，风俗依然话女牛。

二十四候及四时令节，昔与中国同。今虽改用阳历，

七夕

民间风俗多仍其旧。七月七日，人家以竹枝黏彩笺插于门端。儿童亦持之，以相笑乐。

100. 楼头圆月在天涯，春去秋来客忆家。
纸帐夜深凉似水，可能一梦到梅花。

纸可制衣，甚坚或以造蚊帐。多用手漉纸为之。其机器纸亦佳，然未能造船建屋也。 纸张

101. 萨水不来谈佛典，雁门何处觅残诗。
寄书惆怅徐霞客，未许摩挲蒙古碑。

此诗首二句，丰润丁叔雅（惠康）别松岛诗也。叔雅遍览日本山水之胜，获诗累累，以不获与偕为憾。松岛有古刹，曰瑞岩寺，藏经甚夥。长老释萨水，年七十九矣，喜谈唐典。叔雅留松岛三日，萨水他往未见，故云。又萨天锡有松岛诗，岩功有蒙古碑，均访之未得。按碑在今宫城县陆前国之燕泽村，故又称燕泽碑。息轩安井衡读书馀适纪此碑甚详。萨诗未闻刻石所在也。 瑞岩寺 蒙古碑

102. 别来朋旧最关情，两地相思出谷莺。
缄札殷勤书殿样，主臣一例尽称名。

旧俗多山人，居士之称，人辄数名。维新后遂革此风，皆如西人相呼以名，并不称字矣。殿样二字，皆所以尊人，犹阁下、足下诸称，未知所昉。 相呼以名不称字

103. 遗老曾乘海上槎，首阳薇蕨在天涯。
相逢一揖南京样，天马葡萄问汉家。

长崎人某君自言其先陆姓，浙之宁波人。前明嘉靖万历间，乡人多有被虏来者。甲申后南中遗老耻食周粟，往往渡海而东。故长崎多中国人（博士《日本图经流寓表》颇载数人）。呼中国人为南京样，盖沿前代旧称或称唐人犹西域之称汉人也。

“南京样”

104. 西行游记续长春，白马驼经证旧闻。
永寿摩崖逢片石，凿山知有汉将军。

将自大阪归国，别朝日新闻记者内藤虎次郎。内藤云，西京本愿寺光瑞上人尝探佛迹，访法显玄奘所行之地，由撒马儿入印度，而归于今地，多所证明。近遣人入新疆，已得报由喀什噶尔抵库车，访得一汉碑，遂出影本见示。文云：龟兹左将军刘平国以□□□□发□从秦人孟伯山、狄虎贲、赵当为□□□羌（下缺四字，略有偏旁可认）阿羌等□□□来诸羌（此二字亦模糊，下当缺五六字）柰月一日始斫山石作孔，至二十日坚固。万岁人民喜长寿亿年宜子孙。永寿二年八月甲戌朔（下缺一字，当是干支）直连纪此东乌累（此下一字似是关）诚皆将军所作也（下尚有二字）。此碑不见于金石著录。（光绪

考法显玄奘西行之地

八年乌程施补华始访得之。在今阿克苏所属赛里木东北二百里山上。见泽雅堂集）予归，从都门玻璃厂肆觅得一纸碑，纵一尺□寸，横一尺□寸，字体由篆入隶，颇类祀三公山碑。上有朱色长方官印，文不可辨。按汉书西域传：龟兹王治延城东至都护治所乌垒城三百五十里。后汉书：建武三十三年分龟兹为乌垒国，是乌垒旧亦龟兹地。又汉书郑吉传：吉中西域而立幕府，治乌垒城，镇抚诸国。事在神爵三年至永寿二年，凡二百七十三年。刘平国盖重修旧城也。皇朝文献通考，库车为汉龟兹地。东界喀喇沙尔，汉时为焉耆国。宣帝时置西域都护治乌垒城，是乌垒当为今喀喇沙尔地。碑称乌累者，累垒同音通假也。碑云泰月一日斫山石作孔，至二十日坚固。徐松西域传补注，焉耆国至都护所四百里句下引西域记云，从焉耆国西南行二百馀里，踰一小山，越二大河，西得平川，行七百里至屈支国。按踰一小山当即阿勒噶山，越二大河，当即敦薨水。焉耆至龟兹共九百馀里。据此，则刘平国凿山作孔，廿日已毕，盖即此小山，与碑文此东乌垒亦悉合也。左将军，周末之官，位上卿，汉不常置。汉之有左将军，自上官桀始，见百官公卿表。后汉书百官志前后左右将军注引蔡质汉仪曰，皆金紫位次上卿。

鹏图按：李光廷西域图考：危须、山国、尉犁、渠犁、乌垒、焉耆六国，今喀喇沙尔地，西至玉古尔治，与库车土桥界，沃野千里。龟兹，今库车地，东接玉古尔台，界喀喇沙尔，以新疆军台道里表考之，两地相去当八百九十里。俞浩西域考古录：库车城东距喀喇沙尔城九百五十里。二说均与西域传三百五十里之数不合。俞氏谓汉时自龟兹至焉耆必先至尉犁，引班超传发龟兹等八国讨焉耆到尉犁界为证，又引西域传焉耆西南至都护治所四百里，龟兹东至都护治所乌垒城三百五十里。（徐松补注引西域记云，从焉耆西南行二百馀里，西行七百里至屈支国，是焉耆至龟兹共九百馀里，焉耆至乌垒四百里，则乌垒至龟兹当五百五十里也。故据此以正讠之，是徐氏谓汉时两地相距亦九百五十里也。）谓汉焉耆至龟兹当七百五十里。（班书明言西南至都护治所四百里，合之龟兹东至都护所乌垒城三百五十里，已与七百五十里之数合，似不必南经尉犁。西域传，天凤二年遣王骏、李崇将戊巳校尉出西域，焉耆诈降。骏等将莎车、龟兹兵分为数部入焉耆。焉耆伏兵要遮。骏等皆杀之。唯戊巳校尉郭钦将兵后至焉耆。焉耆兵未还。钦击杀其老弱，引兵还。李崇收馀士还保龟兹。据此，则龟兹至焉耆，当不止一道，且地为沃土，非如蚕丛之地，必绕道而行，若必先至尉犁，则钦兵必与敌兵相遇，安得乘焉耆兵未还而击杀其老弱?）又因与今地九百五十里之数不合，谓今喀喇沙尔为唐黑山城（即西域传之山国），在汉焉耆东南百六十六里今之库车城，视汉北徙数十里为唐龟兹之多褐城池。自黑山城至龟兹九百十六里，今喀喇沙尔至库车为里九百六十，与汉时较多四十四里（此又与九百五十里之说自相歧异），因汉龟兹故城在今库车南也。鹏按：汉里与今里之差，固由城郭之变迁（日本计里，不以府县治所为主，立标于适中之地，谓之元标，以此定四至，当较有准），或亦推步之未确。近居山东，由省城而西而北，则里长；南行东行，则里短。每百里大率相差十馀里不等。内地且然，矧在荒服。长白七十一椿园西域闻见录：喀喇沙尔（原本作拉），办事大臣驻劄之所，西南百五十里为库尔勒，又西五（此五字当是四字之误，以道里表知之）百九十里为布古尔。布古尔之西三百里，有回城曰库车（据此，则两地相距当得九百四十里。本书新疆道里表又云，九百六十里。查自喀喇沙尔至布古尔凡经六驿，里数均与本书合。自布古尔以西百里至阿拉巴尔特，又一百六十里，至托和奈，又六十里至库车，较本书所记里程凡多二十里），为古龟兹地。喀喇沙尔相传为焉耆故地，要亦毫无实据。椿园序自言居其地最久，考究最详，无据则置之，不为荒唐之论，盖与纸上空谈者不同。本书亦小有龃龉。著书传信，不易事也。

105. 鹰盘大漠起边声，饮马长河落日横。
卧榻有人答鼾睡，纷纷纸上枉谈兵。

东亚三国轮廓图上作苍鹰奋击之状。东三省及高丽悉为鹰翼所覆，不可见。盖皆俄人势力所及之地也。谈西藏事者则有《西藏探险记》。 东亚三国轮廓图

106. 天王古寺暮栖鸦，便踏禅关看日斜。
绿树荫荫人不见，钟声遥出紫薇花。

四天王寺

四天王寺在大阪之南，为伽蓝之最古者，虽庄严非昔，而庙貌巍然，犹称雄于诸寺。博览会在寺之西南。

107. 青青山色向人怜，踏遍三壶路几千，
落照满山无寸草，归舟今又过朝鲜。

朝鲜无寸草

日本境内无山不青，经朝鲜而西海上诸山皆童无苍翠。

108. 咏扇题巾有所思，人间烟月此何时。
夜长已见东方白，晓梦凄迷唱竹枝。

巾扇之赠

旅馆延宾，市廛应客，夏日多有巾扇之赠，各以商标为记。大埔何氏（如璋）使东杂咏详于山川。嘉应黄氏（遵宪）日本杂事诗百篇网罗二千五百馀年史事，日人推为巨制。予偶就见闻成本事诗一百八首，略述近事。游历日浅，谬误实多，窃比竹枝，不足以附輶轩之义也。

姚鹏图扶桑百八吟

人名索引

七画

八画

九画

十画

姚鹏图扶桑百八吟

译名简释

四画

日曜日

星期一

七画

汽船

轮船

汽车

火车

八画

勃兰提

白兰地酒

十一画

淡巴菰

烟草（纸烟）

十五画

德律风

电话

走向世界丛书一百种

初编三十五种以 * 标出

谢清高 **海录**
* 容　闳 **西学东渐记**
* 林　鍼 **西海纪游草**
* 罗　森 **日本日记**
* 斌　椿 **乘槎笔记**
* 张德彝 **航海述奇**
* 王　韬 **漫游随录**
* 志　刚 **初使泰西记**
* 张德彝 **再述奇**（欧美环游记）
* 张德彝 **三述奇**（随使法国记）
王　芝 **海客日谈**
* 祁兆熙 **游美洲日记**
* 李　圭 **环游地球新录**
* 郭嵩焘 **伦敦与巴黎日记**
* 张德彝 **四述奇**（随使英俄记）
* 黎庶昌 **西洋杂志**
* 刘锡鸿 **英轺私记**
李凤苞 **使德日记**
钱德培 **欧游随笔**
* 何如璋 **使东述略及杂咏**
* 张斯桂 **使东诗录**
黄遵宪 **日本国志**
* 黄遵宪 **日本杂事诗**〔广注〕
陈兰彬 **使美纪略**
* 曾纪泽 **出使英法俄国日记**
* 王　韬 **扶桑游记**
* 徐建寅 **欧游杂录**
谭乾初 **古巴杂记**
王之春 **谈瀛录**
* 李筱圃 **日本纪游**
池仲佑 **西行日记**
蔡　钧 **出洋琐记**
袁祖志 **瀛海采问纪实**
张祖翼 **伦敦竹枝词**
王以宣 **法京纪事诗**
潘飞声 **西海纪行卷**
潘飞声 **柏林竹枝词**
潘飞声 **天外归槎录**
张荫桓 **三洲日记**
邹代钧 **西征纪程**
王咏霓 **道西斋日记**
张元济 **环游谈荟**
余思诒 **楼船日记**
缪祐孙 **俄游汇编**
张德彝 **五述奇**
* 傅云龙 **游历日本图经馀记**
傅云龙 **游历美加等国图经馀记**
洪　勋 **游历闻见录**
崔国因 **出使美日秘国日记**
* 薛福成 **出使英法义比四国日记**
* 薛福成 **出使日记续刻**
陈道华 **日京竹枝词**

严　修 **东游日记**
姚鹏图 **扶桑百八吟**
凤　凌 **游馀仅志**
* 黄庆澄 **东游日记**
吴宗濂 **随轺笔记**
宋育仁 **泰西各国采风记**
王之春 **使俄草**
伍廷芳 **美国视察记**
* 蔡尔康等 **李鸿章历聘欧美记**
张德彝 **六述奇**
刘学询 **考察商务日记**
黄　璟 **考察农务日记**
罗振玉 **扶桑两月记**
罗振玉 **扶桑再游记**
丁鸿臣 **东瀛阅操日记**
沈翊清 **东游日记**
* 梁启超 **新大陆游记**
张德彝 **八述奇**
载　振 **英轺日记**
吴汝纶 **东游丛录**
双　寿 **东瀛小识**
缪荃孙 **日游汇编**
周学熙 **东游日记**
* 单士厘 **癸卯旅行记**
凌文渊 **籥盦东游日记**
张　謇 **癸卯东游日记**
蒋　煦 **西游日记**
王景禧 **日游笔记**
陈　琪 **环游日记**
* 康有为 **意大利游记**
康有为 **德意志等国游记**
康有为 **英国游记**
* 康有为 **法兰西游记**
韩国钧 **实业界之九十日**
李濬之 **东隅琐记**
盛宣怀 **愚斋东游日记**
* 戴鸿慈 **出使九国日记**
金　鼎 **随同考察政治笔记**
* 载　泽 **考察政治日记**
程　淯 **丙午日本游记**
康有为 **西班牙等国游记**
杨泰阶 **东游日记**
文　恺 **东游日记**
左湘钟 **东游日记**
吕珮芬 **东瀛参观学校记**
* 林汝耀 **苏格兰游学指南**
* 单士厘 **归潜记**
金绍城 **十八国游记**
附 艾儒略 **职方外纪**
附 南怀仁 **坤舆图说**
附 丁韪良 **西学考略**
附 艾约瑟 **西学启蒙**

图书在版编目(CIP)数据

日京竹枝词/陈道华著．扶桑百八吟/姚鹏图著．—长沙：
岳麓书社,2016.8
(走向世界丛书/钟叔河主编)
ISBN 978-7-5538-0583-2

Ⅰ.①日...②扶...　Ⅱ.①陈...②姚...　Ⅲ.①诗集—
中国—民国　Ⅳ.①I226

中国版本图书馆 CIP 数据核字(2016)第 084344 号

RIJING ZHUZHICI FUSANG BAIBAYIN

日京竹枝词·扶桑百八吟

作　　者:陈道华　姚鹏图
校 点 者:李长林
责任编辑:杨云辉
责任校对:舒　舍
封面设计:吴颖辉　贺红梅

岳麓书社出版发行
地址:湖南省长沙市爱民路 47 号
直销电话:0731—88804152　88885616
邮编:410006
岳麓书社网址:www.yueluhistory.com

2016 年 8 月第 1 版第 1 次印刷
开本:890×1240　1/32
印张:4.375
字数:102 千字
印数:1—3 000
ISBN 978-7-5538-0583-2
定价:28.00 元

承印:长沙超峰印刷有限公司